김말봉 전집 10

옥합을 열고

지은이

김말봉(金末峰, Kim Mal Bong) 1901~1961. 본명은 말봉(末峰), 필명은 보옥(步玉), 말봉(末鳳), 아호는 끝뫼, 노초(路草, 露草). 1901년 경남 밀양에서 출생하여 1919년 서울 정신여학교를 졸업하였고 이후 일본으로 건너가 1924년 동지사대학 영문과에 입학하였다. 1927년 동지사대학을 졸업하였고 『중외일보』 기자 생활을 하였다. 1932년 『중앙일보』 신춘문예에 단편 「망명녀」가 김보옥이라는 필명으로 당선되어 문단에 데뷔하게 된다. 이어서 「고행」, 「편지」 등의 단편을 발표하였고 1935년 『동아일보』에 『밀림』을, 『조선일보』에 『찔레꽃』을 연재함으로써 일약 대중소설가로서의 자리를 굳히게 되었다. 하지만 일어로 글쓰기를 거부하여 더 이상 작품 활동을 하지 않다가 1947년 『부인신보』에 『카인의 시장』을 연재하면서 다시 소설 쓰기를 시작한다. 1954년 『조선일보』에 『푸른 날개』를, 1956년 『조선일보』에 『생명』을 연재하여 높은 인기를 얻었고 1957년 기독교 장로교회에서 최초의 여성 장로로 피선되었다. 1961년 지병인 폐암으로 사망하였다.

엮은이

진선영(陳善榮, Jin Sun Young) 문학박사. 1974년 강릉에서 출생하여 이화여자대학교 대학원 국어국문학과를 졸업했다. 「한국 대중연애서사의 이데올로기와 미학」으로 박사학위를 받았으며 현재 이화여자대학교에서 강의하고 있다. 대중문학에 대한 관심에서 출발하여 잊히고 왜곡된 작가와 작품의 발굴에 매진하고 있으며 젠더, 번역 등으로 연구의 영역을 확대하고 있다. 주요 논문으로는 「유진오 소설의 여성 이미지 연구」, 「마조히즘 연구」, 「부부 역할론과 신가정 윤리의 탄생」, 추문의 데마고기화, 수사학에서 정치학으로」, 「김광주 초기소설의 디아스포라 글쓰기 연구」 등이 있고, 저서로는 『최인욱 소설 선집』(현대문학), 『한국 대중연애서사의 이데올로기와 미학』(소명출판), 『송계월 전집』 1·2(역락), 『한국 베스트셀러 여성작가의 러브스토리 코드』(이화여대 출판문화원) 등이 있다.

김말봉 전집 10 - 옥합을 열고

초판 인쇄 2021년 8월 10일 초판 발행 2021년 8월 20일
지은이 김말봉 엮은이 진선영 펴낸이 박성모 펴낸곳 소명출판 출판등록 제13-522호
주소 서울시 서초구 서초중앙로6길 15, 2층
전화 02-585-7840 팩스 02-585-7848 전자우편 somyungbooks@daum.net 홈페이지 www.somyong.co.kr

ISBN 979-11-5905-630-7 04810
      979-11-85877-30-3 (세트)

값 15,000원 ⓒ 진선영, 2021

The Complete Works of Kim Mal Bong

Vol.10 : Open the alabaster jar

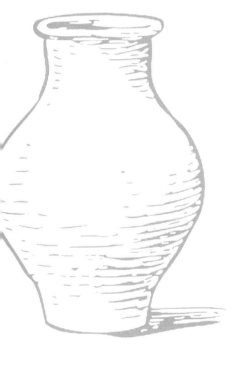

김말봉 전집 10

옥합을 열고

진선영 엮음

일러두기

1. 김말봉 전집은 김말봉 발표 작품을 발표 연대별로 수록하였다.

2. 모든 작품은 발표 당시의 것(신문, 잡지 연재본)을, 연재 미확인 작품은 출판사 발행 초판본을 저본으로 삼았고 출처는 본문의 마지막에 명기하였다.

3. 본문의 표기는 독자의 편의를 위해 현행 한글맞춤법과 외래어표기법에 따랐다. 단 작품의 분위기에 영향을 준다고 판단되는 방언이나 구어체 표현, 일본어, 의성어, 의태어 등은 그대로 두었다.

4. 원문의 한자는 가급적 한글로 바꾸었고 작품 이해에 도움이 될 만한 한자는 그대로 두고 괄호 안에 넣었다. 어려운 단어나 방언, 일본어는 각주를 달아 설명하였다.

5. 원문의 대화 표기인 『 』은 " "로, 독백과 강조는 ' '로 표시하였고 말줄임표는 ……로 통일하였다. 과도하게 사용된 생략 부호나 이음 부호(-)는 읽기에 편하도록 조절하였다.

6. 원문에서 판독할 수 없는 부분은 □로 표시하였고, 기타 사용 부호는 원문 그대로의 것을 사용하였다.

머리말

김말봉은 『찔레꽃』의 작가이자 식민지를 대표할 만한 대중소설 작가이다. 임화는 김말봉의 돌발적 출현을 작가의 '유니크성'과 당대 소설 창작 환경의 모순에 두고 작금의 조선 소설계가 대망한 한 작가로 '김말봉'을 지목한 바 있다.

유니크unique란 무엇인가? 유니크는 이중적 의미를 갖는데 '유일한, 독특한, 진기한'의 긍정적 의미와 '기이한, 돌출적인'의 부정적 함의를 동시에 갖는다. 김말봉의 유니크'성性'은 전 조선에 유례가 없는 독특한, 독창성이 풍부한, 진기한 유니크이며 반대로 이상하거나 기이한 존재로서의 유니크이기도 하다. 기실 이 양가성 사이에 김말봉의 문학이 자리 잡고 있다.

식민지 시대 김말봉의 유니크함은 무엇인가. 김말봉이 『밀림』과 『찔레꽃』을 연재할 당시 문단의 이단적 존재로 받아들여졌던 이유는 스스로 '순수 귀신'을 비판하며 전면적으로 대중소설을 표방하며 문단에 출현했기 때문이다. 김말봉의 '대중작가 선언'은 독자들의 인기와 칭찬을 통해 '대중성'을 입증 받으면서 힘을 얻게 된다. 당시 김말봉 소설의 인기는 식민지 후반기 신문소설계의 새로운 흐름을 주도하여 대중소설이란 새로운 소설 장르를 분화시켰고 이로 인해 장편소설론, 신문소설분화론, 통속문학론, 신문화재소설론 등의 다양한 비평적 활동을 촉발시켰다. 그러므로 김말봉의 역사적 등장은 엄밀한 의미에서 대중소설사의 시작이라 해도 과언이 아니기에 대중문학 연구가 축적된 현재 김말봉 전집의 기획은 대중문학사적 기반을 위한 의미 있는 출발이 될 수 있을 것이다.

해방 정국, 한국전쟁기 김말봉의 유니크함은 '장편소설' 창작에서 발견

할 수 있다. 김말봉은 한국 작가 중 이례적으로 단편소설보다 신문연재 장편소설을 많이 쓴 작가이다. 현재 연구자가 확인한 김말봉의 단편소설은 동화 및 청소년 소설을 제외한 약 25편 남짓이고 장편소설은 신문연재 장편으로 31편이다. 하지만 여기서 한 가지 짚고 넘어가야 할 것은 연구의 대부분을 차지하는 식민지 시대 장편은 『밀림』, 『찔레꽃』 단 두 편뿐이라는 사실이다. 작가의 전체 작품 중 10%도 넘지 못하는 작품 편수가 작가의 역사적 이력과 작품의 전체 경향을 가두고 있는 형상이다. 이러한 현상은 작품의 90%에 해당하는 해방 이후, 한국전쟁기에 연재했던 소설이 실린 신문과 잡지를 구하는 일이 어렵기 때문인데 그러므로 김말봉 문학에 대한 기초적 자료를 확보하는 노력은 무엇보다도 시급하다.

김말봉 전집은 앞선 취지를 통해 기획되었다. 본 연구자는 대중문학으로 박사학위를 받았고 그것과 연계하여 대중문학 작가를 발굴하고 의미화에 연구적 역량을 집중하였다. 김말봉 전집의 출판은 그 시발점이 될 수 있을 것이다. 특히 김말봉의 경우 연재 당시의 인기에 힘입어 많은 단행본이 출간되어 있으나 연재 당시와 단행본 출간 시 작가에 의해 많은 개작이 이루어진 바 대중소설의 현장성과 인기를 복원하기 위해서는 당대의 신문 연재본을 발굴하여 정전화하는 작업이 필요하다. 또한 한국전쟁 이후 신문 연재 장편의 발굴은 김말봉 문학 연구의 외연을 확대하여 김말봉 전체 작품에 대한 의미화와 개별 작품 연구의 초석이 될 수 있을 것이다.

넓두리 없이 머리말을 닫기에 이 작업은 실로 고단하였다. 안과 수술 이후 무리한 작업으로 0.6의 시력을 잃었으며 손목 터널 증후군을 훈장으로 얻었다. 발굴의 상처가 다양한 후속 연구의 밑거름이 되길 기원한다.

더불어 인문학의 현장에서 함께 고민하는 동학들과 사랑하는 가족들 박
창성, 박성준, 박경민에게 감사의 마음을 전한다.

수리산 끝자락에서

2014.10

4권을 내며

김말봉 전집의 네 번째 책을 발간한다. 이전의 책들『김말봉 전집』1∼3권(『밀림』상·하;『찔레꽃』)이 김말봉의 식민지 시대 발표 작품이라면 네 번째 책『가인의 시장』/『화려한 지옥』은『밀림』후편이 연재 중단된 이후1938.12.25 9년 만에 발표한 작품으로 이 작품을 통해 김말봉의 해방 이후 작품 세계가 시작된다.

『가인의 시장』은 1947년『부인신보』에 연재된 작품인데 1948년 5월 미완으로 연재가 종결되고 1951년『화려한 지옥』으로 제목이 변경되어 출판된다.『가인의 시장』은『부인신보』연재 당시 '佳人의 市場'으로 연재되었고『화려한 지옥』1954년 문연사판 서문에는 '카인의 시장'으로 명명되었다.『화려한 지옥』으로 출간될 때 제목과 목차 일부가 변경되었고 결말이 보충되었다. 다른 이름의 같은 작품은 서로에게 의미 있는 참조점이 될 것이라 생각되어 함께 발굴하였다.

2014년 김말봉 전집을 시작할 때 한 해에 두 편 이상의 작품을 발굴하리라 목표하였다. 이 목표를 성실히 이행한다 하더라도 전작을 전집화하기 위해서는 15년 이상이 걸리기 때문이다. 하지만 이듬해부터 실패다. 마이크로필름이라는 변수를 만났기 때문이다. 해방기-한국전쟁기 이후 발간된 종이 신문에 대한 현실적 접근이 어려운 상황에서 마이크로필름은 참으로 고마운 기록화이지만 이것은 두 배의 시간을 필요로 하였다. 마이크로필름을 출력하여 문서화하고 판독 불가능한 부분은 종이 신문을 통해 보충하였고, 다시 단행본을 참고하는 형식으로 작업을 진행하다 보니 올해 한 권의 작품을 발굴하는 데 만족해야 했다.

다시 한 번 쓴다. 발굴의 상처가 다양한 후속 연구의 밑거름이 되길 기원한다. 더불어 인문학의 현장에서 함께 고민하는 동학들과 사랑하는 가족들 박창성, 박성준, 박경민에게 감사의 마음을 전한다.

다시 수리산 끝자락에서

2015.11

진선영

5·6권을 내며

김말봉 전집의 다섯 번째, 여섯 번째 책을 발간한다. 원래 5·6권은 4권과 함께 작년에 출판할 예정이었으나 저간의 사정으로 올해 출판하게 되었다. 아쉬운 점은 지금까지의 전집이 신문이나 잡지에 연재된 원본인데 반해 5·6권은 연재 여부의 불확실로 인해 단행본을 저본으로 삼았다는 사실이다. 김말봉 전집은 김말봉 발표 작품을 발표 연대별로 수록하는 원칙을 세웠기에 그러하며 자세한 내용은 작품 해설을 참조하길 바란다.

전집을 발간하며 해마다 누적되는 머리말이 오히려 사족처럼 느껴지지만, 첫 머리말에서 존경을 표하지 못한 많은 선생님들과 연구자들에게 죄송할 뿐이다. 고립된 자의 독선을 열정이라 착각했던 것 같다. 지금의 이 전집은 앞서 김말봉의 작품을 사랑하고 연구한 모든 선배 연구자들로 인해 가능한 저작물이다. 감사와 존경의 마음을 받치며 사랑하는 가족들 박창성, 박성준, 박경민에게도 마음을 전한다.

2016.9

진선영

7 · 8권을 내며

김말봉 전집의 일곱 번째, 여덟 번째 책은 해방 전, 해방기 단편서사 모음집이다. 해방 전과 해방기를 나눈 것은 일제 말기 김말봉의 절필 기간을 명시화하고자 함이다. 김말봉은 장편소설을 주로 집필한 것으로 알려졌으나 단편소설 및 수필, 칼럼의 수도 상당하다. 단편서사 모음집에는 그간 알려지지 않은 김말봉의 다양한 면모를 좀 더 가까이 확인할 수 있는 서사들이 많이 있다. 이와 함께 한국전쟁 후 단편소설 및 수필의 목록을 추가하여 작품 연보를 수정, 보강하였다. 앞으로도 보완 작업은 계속되리라 생각한다. 김말봉은 연구하면 할수록 놀라운 작가다.

2018.12

진선영

9 · 10권을 내며

김말봉 전집 9권은 한국 전쟁기에 발표된 『태양의 권속』이고, 10권은 잡지에 게재되었으나 단행본으로 출판되지 않은 『옥합을 열고』이다. 이 두 작품은 연애소설이고 종교소설이며, 또한 가족소설이라는 측면에서 김말봉의 세계관을 오롯이 보여준다. 그간 관련 연구가 없을 정도로 연구적 관심이 부족했던 작품이기에 전집 출판을 계기로 관심이 촉발되길 기대해 본다. 김말봉이 한국전쟁기 이후 발표한 소설을 발굴하는 작업이 이전보다 더 오랜 시간을 요구하는 것은 신문, 잡지 연재본과 단행본을 겹쳐 보는 작업 때문이다. 더 고단한 노정이다.

'7, 8권을 내며' 머리글이 2018년 12월에 쓰인 것을 보면 2년이 넘는 시간이 흘렀다. 원래 9, 10권은 7, 8권과 함께 출판할 계획이었으나 차질이 생겼다. 게을렀나 생각하면 그건 아닌데 딱히 부지런하지 않았던 모양이다. 그 사이 2020년 팬데믹이 있었다. 달라진 수업환경에 적응하는 시간이 필요했고 오롯이 컴퓨터에 매달려 두 해 가까이를 살았다. 그 행간에 틈틈이 김말봉 전집이 개입했다. 10권의 책은 원래 계획의 절반을 넘지 못하는 숫자이지만 지나온 길을 보면 가야할 길이 보인다는 경구에 기대어 천천히 걸음을 옮겨 본다. 전집 10권이 출판될 동안 포기하지 않은 소명출판에 감사드린다.

2021.6

진선영

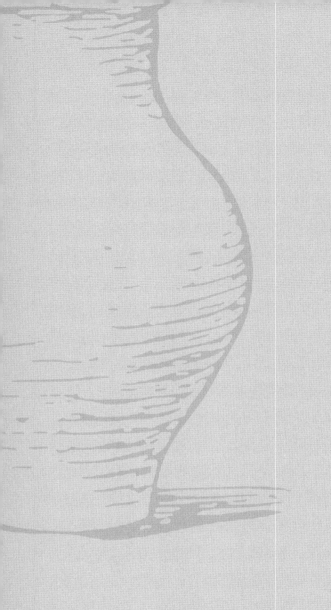

옥합을 열고

1회

몹시 거친 날씨다. 항도 부산의 독특한 기후로 바람이 세게 불어 대는가 하면 그 바람은 시커먼 먼지를 몰고 와서 사람이 얼굴이나 의복이나 할 것 없이 마구 뒤집어씌운다.

국제시장 한 모퉁이에 점포를 가진 김 집사는 바람이 불 때마다 벌려 놓은 의복들 위에 먼지가 씌워지는 것이 안타까웠다. 새로 세워진 화려한 시장 건물로 옮길 수도 있지만 김 집사는 지금까지 친해진 장소에서 떠날 맘은 없다.

김 집사는 연방 손으로 먼지를 떨기도 하고 먼지채로 치기도 하였으나 별 효과도 없다. 오늘이사 말로 속옷을 빨라고 내어주고 온 때문에 허리통이 허전하고 시려 왔으나 그는 자기가 팔고 있는 털 샤쓰 한 개를 입을 생각은 꿈에도 하지 않는다.

저녁에 들어가면 딸 혜순이가 말짱히 빨아 말리어 놓았을 메리야스 속적삼을 생각하고 그는 넌지시 추위를 참는 것이다.

올해 마흔 일곱이라 해도 인제 마흔 안팎으로밖에 보이지 않으리 만큼 김 집사는 얼굴에 험한 주름살이 없고 머리에 흰털도 눈에 뜨이지 않는다.

키가 나지막하고 목이 다가붙은 김 집사는 강단 있고 뱃심 세고 그리고 구변 있는 의복장수다. 손님이 오면 어떻게 해서라도 놓치지 않고 기어이 사게 하는 재간이 있는가 하면 팔러 오는 물건도 손쉽게 흥정을 해버리는 까닭에 김 집사의 점포에는 항시 새 물건이 풍성하고 목에 걸고 있는 돈 주머니는 언제 보아도 묵직하다.

그가 다니는 ××예배당에서 부인회 부회장으로 구역 예배를 책임 맡은 구역장이다. 열심 있고 경건한 부인 신자의 한 사람으로 알리어 있다.

김 집사는 비록 '도떼기'시장[1]에서 넝마를 겸한 의복장수를 하고 있을 망정 그는 누구 앞에서라도 당당히 고개를 들 수 있으리 만큼 그의 마음은 흔들리지 않는다.

맏아들이 일선으로 나갔다는 사실이 그에게 근심도 되고 슬픔도 되지만 비슬비슬 피해 다니는 젊은이들에 비하여 자기 아들은 버젓이 국가에 대한 의무를 다한 것으로 생각할 때 김 집사의 고개는 똑바로 치켜 들리는 것이다.

맏딸 혜순이가 여자대학에 그리고 둘째딸 종순이가 중등학교에 다니는 것은 김 집사의 경제력으로는 힘에 부치는 부담이 되지만 또한 말 할 수 없는 즐거움과 자랑을 느끼게 하는 사실도 되는 것이다.

혜순은 금년 스물세 살, 내년이면 대학을 나온다.

'일선에 간 아들이 무사히 돌아와서 아들은 장가들고 딸은 시집가고'

이런 일에 생각이 돌게 되면 김 집사의 입에서는

"주여 뜻이거든 이루어 줍소서."

하는 기도가 흘러나오는 것이다.

오늘은 김 집사에게 있어 진실로 불행한 날이었다. 아침부터 종일 손님

1 　상품, 중고품, 고물 따위 여러 종류의 물건을 도산매 · 방매 · 비밀 거래 하는, 질서가 없고 시끌 벅적한 비정상적 시장.

이라고는 하나 찾아오지 않았다.

바람과 먼지와 싸우고 어지간히 피로해진 해 질 무렵 웬 협수룩한 양복 입은 젊은이가 부인용 순모 털 샤쓰 한 개를 홍정을 한다.

일천삼백 환에 팔고 십 환짜리로만 뭉친 천 환과 백 환짜리 석 장을 받아 목에 걸고 있는 주머니 속에다 넣었다.

젊은이가 돌아선지 한 오 분 되었을까. 중년 남자가 어린 아이 내복 열 벌을 가지고 와서 사라 한다. 즉석에서 홍정이 되어 돈을 꺼냈다.

조금 전에 젊은 청년에게서 받은 십 환짜리로만 뭉친 천 환과 백 환짜리 두 장을 꺼내 주니 물건 임자가 천 환 뭉치를 세다가 도루 밀어 주며

"이거 어디 돈이유? 휴지지."

하고 빙긋 웃는다.

"원 그게 돈이 아니란 말예요?"

김 집사도 웃었다.

"양편에 한 장씩만 십 환짜리가 붙었습니다."

김 집사가 돈 뭉치를 받아 훑어보니 정말로 돈만큼씩 자른 백노지[2]이다.

"아아니 이게 웬일야. 가만 게슈."

김 집사는 그 젊은 사나이가 사라진 큰길을 바라보았다. 숱한 사람이 오고 가는 중에 반드시 그 사나이가 걸어가고만 있을 것 같아서 그는 달음 질로 큰길로 뛰쳐나왔다.

헐레벌떡이며 한참을 걸어갔으나 사람들과 턱턱 부딪칠 뿐 그와 비슷한 사나이는 보이지 않는다.

---

2   지금의 하얀 갱지(지면이 좀 거칠고 품질이 낮은 종이)를 부르는 전라도 방언.

극장 앞까지 와서 잠깐 발을 멈추고 섰다가 되돌아섰다. 돌아서서 자기 점포로 왔다.

아이들 내의를 팔러 왔던 남자는 물건을 팔지 않고 돌아가고 없다. 좌판으로 가서 앉으려던 김 집사는 일순 눈이 둥그레졌다.

확실히 자기가 나갈 때까지 참따랗게 놓여 있던 국방색 털 샤쓰 두 개가 몽땅 없어진 것이다.

"웬일일까?…… 아니 여보세요."

하고 김 집사는 옆에 가지런히 앉아 같이 장사를 하고 있는 영감쟁이를 돌아보며

"여기 놓여 있던 도꼬리³ 샤쓰 누가 집어 갑디까?"

하고 당황스럽게 물었다.

영감쟁이는 검은 외투를 걸친 두툼한 등을 돌린 채 먼 산만 바라보고 들은 척도 하지 않는다.

"보이소 할버지? 여기 도꼬리 샤쓰 누가 가져 갑데까?"

하고 약간 소리를 높으니

"내가 아는 기요? 날마다 팔기만 하면 되는 기요 더러 도적도 맞아야지."

퉁명스러운 대답이다. 이 영감도 종일 먼지와 싸우고 물건은 팔리지 않고 배는 고프고 춥고 피로하여 짜증이 난 것이다.

그러나 김 집사는 김 집사대로 울화가 치받쳤다.

"아아니 그래 같은 장사를 하면서 그 무슨 심사 굳은말씀이요."

하고 소리를 꽥 질렀다. 영감은 평소에 손님들이 대개는 자기 가게를 지나

---

3   원래 '목이 긴 조막병'을 일본말로 '도쿠리'라고 하는데, 목이 올라오는 스웨터와 모양이 비슷하기 때문에 목이 긴 스웨터를 가리키는 말로 변이 되었음.

꼭 김 집사 가게로만 가는 것이 어지간히 괘씸했던 모양으로 오늘 분풀이 나 하는 듯이

"얼레 인녁이 잘못해 놓고 남에게 와 이라노."

영감은 낮은 소리로

"에이 싱걸없다 이북 것들."

하고 입맛을 쩍쩍 다신다.

김 집사의 눈이 홱 돌아갔다.

"뭐이 어째? 이북 것들이 어쨌단 말이냐 그래 너희들은 어느 조상 때부 터 이 고장에서 살아 왔니?"

김 집사는 속으로

'어쩌자고 내가 이런 말을 하나?'

생각 하면서도 흘러나오는 자기 말을 붙들 힘은 없었다.

"너희들이라니."

영감쟁이 목소리도 사나워졌다.

"너희들이면 너희들이지 인정도 의리도 없는 짐승 같은 것들."

김 집사는 속으로

'이것은 확실히 과한 말이다. 내가 어쩌자고 이런 말을 하나.'

생각하면서도 그의 패악스런 음성을 돌이킬 힘은 없었다.

"그 고약한 계집년이네 허어 그 참 재수 더럽다."

"뭣이 어째? 이놈의 영감쟁이 대구리[4]를 부셔 놀라."

"아나 아나 니 힘대로 뿌사 봐라."

---

4 '머리'의 전라도 방언.

영감쟁이가 손가락으로 김 집사의 턱 아래로 삿대질을 한다.

김 집사가 또 무어라고 발악을 하려는 때다.

"여봐요 노인 왜 이리시오?"

하는 점잖은 목소리가 들린다. 돌아보니 예배당 강 장로님이다.

"집사님 참으세요."

하고 나직이 말을 하는 강 장로의 얼굴을 차마 바로 쳐다보지를 못하였다. 더욱이 무섭게 성이 났던 얼굴에 갑자기 미소를 띠울 수는 없었다. 얼굴을 펴고 웃음을 지으려고 하면 할수록 얼굴의 근육은 부자연스럽게 씰룩거리기만 하였다.

"장로님 미안합니다."

김 집사는 진정 부끄러워 이런 말을 한 마디 하였다.

강 장로는 덕성스러운 얼굴에 웃음을 싣고

"온 별 말씀을 장판에 나서면 별일을 다 보시는 법입니다."

하고 영감쟁이를 돌아다보고

"남녀가 유별한데 노인 말씀 삼가 하시오."

하고는 천천히 걸어서 저쪽 골목으로 사라진다.

김 집사는 수건으로 코를 풀었다. 코를 풀면서 흘러내리는 눈물도 함께 풀었다.

영감이 또 무어라고 욕지거리를 하였으나 김 집사는 대항할 마음은 없어졌다.

그는 점포에 벌려 놓은 물건들을 보퉁이에 쌌다. 물건을 걷어 내면 성냥궤 위에 판자를 걸쳐 놓은 허술한 점포.

김 집사는 힘대로 한 짐 되는 것을 머리에 이고 국제시장 구내를 벗어

나왔다.

거기서 한참을 걸어야 용두산 하꼬방촌[5]이 보이는 것이다.

환도 한다고 기차가 비좁게 몇 달을 두고 서울로 서울로들 올라갔으나 김 집사가 사는 하꼬방촌은 여전히 비좁게 사람들이 살고 있다.

김 집사는 오늘 달리 다리가 천근 같이 무겁고 이고 있는 보따리가 태산이 눌리는 것처럼 괴로웠다.

그는 문득 일본간지 오 년이 된 남편의 거취가 생각이 난다.

'언제나 돌아오려는고? 츳츳.'

남편 안 장로가 한 배 싣고 온다는 포부를 가지고 일본으로 밀선을 타고 떠난 이래 일 년에 한 번 두 번 편지가 있을 뿐 돈이나 물건을 보내주기는 고사하고 요사이는 소식조차 끊어진 것이다.

그는 매양 괴롭고 짜증 나는 일이 있으면…… 가령 오늘같이 천 환 하나를 몽땅 잃어버리고 도꼬리 샤쓰 두 개를 도적맞고 또 영감쟁이와 싸우고…… 이런 날에는 반드시 남편이 기다려지는 것이다.

요사이는 휴가 장병이 돌아온다는데 그 속에 아들의 얼굴이 나타나지 않는 것은 되도록 생각지 않기로 한다.

'행여나?'

영영 돌아오지 못할 것이 아닌가 하는 무서운 생각에 건들릴 것 같아서.

집에는 불이 감감하다. 어수선한 어둠 속에 문에 자물쇠가 채인 채 아무러한 기척이 없다.

김 집사는 보퉁이를 인 채로 주머니 속에서 열쇠를 더듬어 문을 열었다.

---

5 판잣집을 속되게 이르는 말.

보퉁이를 인 고개부터 방안으로 들이밀어 짐을 내던지고 한참을 멍하니 섰다.

차츰 짙어오는 어둠 속에서 먼 데 가까운 데 불들이 별처럼 매달리기 시작한다.

바람이 좀 더 세게 불어오고 그럴 때마다 불들은 흔들리는 듯 깜빡인다. 몸에 스며드는 추움, 그 추움보다도 더 싸늘한 외로움이 김 집사의 심장을 일순 얼음으로 싸는 듯한 괴로움을 준다.

김 집사는 전에 없이 큰딸이 자기에게 아무런 예고도 없이 외출을 하였다는 것이 괘씸하다기보다도 오히려 무서워졌다.

그는 풍로에다 불을 피우고 쌀을 씻는데 둘째딸 종순이가 돌아왔다.

"아이 배고파 인제 쌀이야?"

실망한 종순의 목소리다.

"혜순이 어디 갔니?"

"몰라 내가 어떻게 알아요?"

김 집사가 불을 피워 가지고 방으로 들어가니 발에 밟히는 것이 있다.

아침에 빨라고 벗어 놓고 간 메리야스 샤쓰이다. 그는 샤쓰를 발로 밀어 한 옆에 치우고 쌀을 안친 냄비를 풍로 위에 올려놓았다.

암만 생각해도 이상한 일이다. 열두 시면 학교에서 돌아오는 목요일인데 혜순이는 집에 있지 않는 것이다.

밥이 다 되어 김치를 썰어 종순이와 마주 앉아 저녁을 먹는데 혜순이가 돌아왔다.

"어디 갔댔니?"

"영화 보고 왔어요."

"너 혼자 가서? 돈이 어디 있더냐?"

"같이 갔댔어요. 동무와 함께."

"밥 먹어라."

김 집사는 큰딸 앞으로 밥그릇과 수저를 내밀었다.

흐릿한 불빛에서도 혜순이의 얼굴에 심상치 않은 표정을 읽을 수가 있었다. 사뭇 활짝 핀 꽃이다. 즐거움을 주체할 수 없어 감추고 감추어도 봉우리를 여는 꽃망울 마냥 향긋이 피어나고 있다.

밥을 다 먹고 난 뒤 혜순이가 서름질[6]을 하려는 것을 어머니는 말렸다.

"종순이 너 서름질 해라. 혜순이 거기 앉어."

약간 준엄한 어머니의 음성에 혜순은 엉거주춤 방바닥에 앉았다.

"너 오늘 누구와 함께 구경갔지?"

"동무하고 갔댔어요."

"동무라니 어느 동무냐 남자냐? 여자냐?"

혜순은 잠자코 고개를 숙인다.

"누구냐 말을 해 보아."

"저 — 상준 씨하고 갔댔어요."

"상준이라면 강 장로 아드님 말이냐?"

"네."

혜순의 목소리는 좀 더 가늘어졌다.

"누구 허락 받고 같이 갔댔니?"

"저 — 그런 게 아냐요."

---

6 '설거지'의 방언.

혜순은 고개를 들고 어머니를 쳐다보며

"지가 학교에서 돌아와서 막 점심을 먹고 나니까 상준 씨가 찾아 왔어요."

"그래."

"그래서 들어 오라기도 무엇하고…… 방 꼬라지도 초라하고 금방 점심을 먹었으니 김치 냄새도 날꺼고 그래서 들어오란 말을 못 했어요."

"무슨 일로 왔느냐고 물어 보았니?"

어머니가 묻는 말에 혜순은 히죽이 웃으며

"번연이 알지 않아요? 놀러 온 것을. 모처럼 찾아온 것을 왜 왔느냐고 물을 수 있어요."

김 집사는 언젠가 한 번은 딸에게 톡톡히 일러 주어야 될 말을 들려 줄 기회가 온 것을 깨달았다.

김 집사는 엄숙한 목소리로

"왜 물을 수가 없더냐?"

어머니의 표정을 읽어 보는 혜순의 얼굴에는 미소는 사라졌다.

"왜 물어 볼 수가 없었던가 이유를 말해 보아."

"놀러온 사람보고 왜 왔느냐고 묻는 건 실례가 될 것 같애서 못 물어 봤어요."

김 집사는 딸의 앞으로 바싹 무릎을 들이대며

"혜순아! 조금도 실례될 게 없다. 너 아직 예절이란 걸 모르는 모양인데 잘 들어 보아. 산나이가(사나이를 김 집사는 산나이라 발음한다) 남의 집 처녀에게 할 말이나 할 일이 있기 전에 뭣하러 오는 거냐 말이다. 깍듯이 할 일도 없고 말도 없는데 어슬렁어슬렁 놀러 오는 건 그런 걸 가리켜 쑥이라는 거다."

"……."

"그런 쑥스런 청년과는 교제하지 않아도 좋다."

"……."

"별 용건이 없는 것을 눈치 채거든 너는 똑똑히 '어머니도 안 계시고 종순이도 안 돌아 왔으니 들어오시랄 수도 없고 오늘은 그만 돌아가 주셨으면 고맙겠습니다.' 하고 단단하게 잘라서 말하는 것이 처녀인 너의 예절인 것이다."

"……."

"방이 추해서 들어오지 못하게 하고 둘이서 밖으로 나갔던 것이냐?"

"네…… 잠깐만 나갔다 온다는 것이 늦어졌어요."

"네가 활동사진을 보았으면 하는 눈치가 보여 그 산나이가 표를 두 장을 샀다면 그런 망신이 어디 있단 말이냐?"

"그런 건 아니에요. 상준 씨 말이 좋은 영화가 왔으니 가보자고 해서 간 거에요."

"그건 잘된 일로 생각하니? 네 오빠도 아니고 네 약혼자도 아닌 산나이가 영화 구경 가자고 해서 척-하니 단둘이서 어두컴컴한 장소로 가서 그 욕스런 장면을 바라다보고 앉았다는 일을 너는 잘한 일로 생각 하느냐?"

"……."

"혜순아."

김 집사의 음성은 약간 떨려 나왔다.

일제 시대 평양서 중등학교를 나온 김 집사는 그때 그 시대에 있어 '생각'을 가진 처녀였다.

나라 일도 생각하였고 교회 일도 근심할 수 있는 양심을 가졌었다. 조만식 씨를 친아버지처럼 존경하고 사랑할 줄 알았고 조 선생의 설교나 강

연은 구절구절 일기책에 모은 시절도 있던 김진실 양이었다.

진실은 스물한 살에 안 목사의 맏아들에게로 시집가서 한 아들과 두 딸을 낳아 기르면서 해방이 되자 가족과 함께 월남하여 왔던 것이다.

서울 와서 남편은 삼 년이 지나 일본으로 가고 혼자서 자녀를 데리고 살다가 일사 후퇴 때 부산을 피난하여 오고 도떼기시장에서 그날 그날 생활비를 벌어 오는 것이다.

"혜순아! 에미는 볼 꼴 못 볼 꼴 다 보면서 세 식구의 양식과 너희들 학비를 얻어 오려고 사뭇…… 목구멍에서 피를 쏟고 있는데."

"……."

김 집사의 목소리는 울음이 섞인다.

"너는 에미의 피 같은 돈을 학교에 갖다 바치고서 배운 학문이 고작 그뿐이냐? 왜 식견이 그리 트이지 못하느냐 말이다."

"……."

어머니는 손바닥으로 눈을 닦으며

"그것도 또 약혼이라도 했으면 난 또 말리진 않겠다. 약혼도 하기 전에 남의 산나이와 단둘이서 다방엘 가고 영화 구경을 가고…… 남들이 너를 뭐로 평가하겠느냐 말이다 에이 분해서."

혜순은 어느새 동그라니 꿇어앉아 있다.

"영화라는 게 그렇게 나쁜 것이 아닙니다만 오늘 일은 제가 잘못했습니다. 어머니께 여쭈어 보지 않은 게 잘못이었습니다."

김 집사는 방구석에 있는 보퉁이를 가리키며

"이렇게 커다란 보퉁이에 있는 것이 다 속옷들이다. 한 개만 입으면 푸석하고 뜨뜻할 것을 나도 알아 하지만 나는 차마 그것을 입지를 못한다.

거기서 떨어지는 백 원이고 오십 원이고 모아야 하기 때문에 모아서 너희들 학비를 만들어야 하기 때문에."

여기까지 말을 하고 김 집사는 입을 다물어 버렸다.

"어머니 잘못했습니다. 오늘 어머니 샤쓰를 빨지 않고 극장 간 건 참말 잘못했습니다. 한번만 용서해 주세요."

"……."

흐릿한 불빛에 비친 어머니의 얼굴은 번지르르 눈물에 젖어 있다. 혜순은 손수건으로 어머니의 뺨을 씻어 드리며

"어머니! 마음 상하지 마세요. 다시는 안 그럴게요."

혜순이가 여기까지 말을 하는데 밖에서 들리는 소리가 있다.

"계십니까? 저녁 진지 잡수셨어요?"

하는 젊은 사나이의 음성이다.

혜순이며 어머니며 모두 긴장한다.

어머니는 얼른 얼굴을 씻고 문을 열었다.

"들어오시오. 저녁 자셨나요?"

인사를 하고 혜순이는 세탁할 어머니의 메리야스 속옷을 집어 보퉁이 너머로 던지고 풍로불을 화로로 옮긴다. 청년은

"상당히 추워집니다. 집사님 오늘 바람이 몹시 불어 곤란하셨겠습니다."

하고 화로 곁으로 앉는다.

"뭐 그렇지요. 장사꾼이 바람을 탈 수 있나요?"

서름질을 다 마친 종순이가 타월에 손을 씻으며

"인제 곧 크리스마스니까 춥지 뭐요?"

하고 방그레 웃는다.

언니의 둥그스름한 얼굴에 비하여 종수의 얼굴은 갸름하다. 단지 두 처녀의 눈만이 크고 맑은 것이 자매간의 공통된 모습이다.

혜순의 이마는 시원스럽게 열려 있고 종순의 이마는 툭 튀어 나오고 혜순은 전체적으로 부드럽고 덕스러운데 종순은 착 나려진 모습이 어디까지나 야무지다.

오늘 저녁만 해도

'언닌 괜히 잘못했다고 빌고 있어 나 같으면 빌지 않겠어.'

하고 냄비를 부시면서 입을 삐쭉 하였던 것이다.

'영화를 본 게 뭣이 잘못이야. 상준 씨하고 갔다는 게 또 뭐이 잘못이야.'

이렇게 속으로 어머니의 꾸중을 반박하고 있는데 지금 찾아 온 청년이 강 장로의 아들이 아니고 유 목사의 아들이라는 데서 종순은 약간 실망을 느끼는 것이다.

언니가 결혼을 하려면 강 장로님의 아들과 하는 것이 좋을 상 싶다. 첫째 강상준은 얼굴이 깨끗하게 생겼다. 그리고 교양이 있고 학문이 높다. 그 증거로 그는 셰익스피어를 원문으로 읽고 괴테의 시집도 원문으로 읽는 것을 보았다.

강상준은 현재 ××대학 철학과에 재학 중이라는 것이 무엇보다도 자랑스럽다.

그러나 유 목사님 아들 유영철은 신학교에 다닌다는 것부터가 남부끄러운 일인 데다가 우선 그의 외양이 사나운 것이 탈이다. 얼굴빛이 검고 누른가 하면 코는 유난히 '아라사[7] 대코'처럼 솟아 있고 입은 커다랗게 귀

---

7   러시아.

밑까지 나간 양이 아무리 보아도 미남자와는 거리가 멀다.

'저 사람이 울 언니와 결혼을 해? 남부끄러워서 형부라 할 수 있어야지.'

종순은 남포등을 빼앗듯이 책상 위에 올려놓고 동그라니 돌아 앉아 책을 들여다보고 앉았으나 그의 마음은 책과는 딴판인 이런 생각을 하고 있는 것이다.

"그래 댁에는 김장 다 하셨슈?"

하고 김 집사가 묻는 말에 유영철은 빙그레 웃으며

"네 이제 다 마쳤나 봅니다."

"댁에는 물이 잘 나오는지 원."

"수도를 고쳐 놔서 물 걱정은 없었나 봅니다."

하고 영철은 책보에서 얇은 책을 꺼내어 혜순의 앞으로 내밀며

"이건 모두 피—스 들인데 혜순 씨 보시라고 가져 왔어요."

"감사합니다."

혜순은 대답과는 달리 생각을 하지 않는다.

영철의 뺨과 목덜미가 차츰 붉어진다. 화롯불이 달아 온 까닭은 아니다. 영철은 푸대접 받는 피—스를 생각하기 때문이다. 피—스를 가지고 온 자신이 함께 푸대접을 받는다 생각할 때 그는 가슴 속에서 뜨끈뜨끈한 물결이 목덜미로 치밀어 오는 것을 느끼는 것이다.

그는 피—스를 다시 거둘 수도 없고 또 분명 자신이 할 말을 다한 이상 더 오래 있을 흥미도 없어

"그럼 가보아야겠습니다."

하고 인사를 하는데 마치 그 말에 대답이나 하는 것처럼 밖에서

"혜순 씨!"

하는 굵다란 음성이 들린다. 혜순의 얼굴이 봉선화처럼 붉어졌다.

"누구요?"

하고 영철이가 문을 여는데

"오! 영철 군 나야."

하고 대답하는 사람은 강 장로의 아들 상준이었다.

"아 강 군이었군."

유영철은 태연하게 한 마디 하였으나 그의 얼굴이 주홍빛으로 붉어진 것은 흐릿한 램프등의 광선에서도 똑똑히 볼 수가 있었다.

강상준은 영철의 인사에 대답하기 전에

"낮에는 실례했습니다."

하고 혜순을 향하여 빙그레 웃는다.

"뭘요."

혜순은 어머니의 얼굴빛을 살피면서

"들어오시지요."

하고 가는 소리로 인사를 하였다. 방으로 들어온 상준은

"집사님 오늘은 집에서 시키는 심부름으로 왔습니다."

하고 벙글벙글 웃으며 김 집사가 손을 얹어놓고 있는 화로 곁으로 다가 앉는다.

"불 쪼이시지 인젠 아주 겨울이 왔어."

혜순의 어머니는 상준의 앞으로 화로를 약간 밀어 놓으며

"댁에서는 다들 안녕하시죠."

하고 물었으나 오늘 가게에서 강 장로를 만나던 때의 광경이 눈앞을 스쳐

가자 후회와 자책이 바람처럼 머릿속을 지나간다.

"아버지께서 낮에 국제시장엘 다녀오셨는데 김 집사님 가게로 가서 뭘 좀 사려던 것을 시간이 급해서 그냥 돌아오셨다고 절더러 가서 흥정을 해 오라는 거야요 하하."

상준은 가볍게 웃고

"남자 속옷 상하 두 벌, 사내아이 소학교 사 년생 제 동생 용준이 것 한 벌, 이것은 메리야스라나요? 그리고 어머니가 입으실 털 샤쓰 한 개, 또 아버지가 입으실 만한 부드러운 샤쓰 한 개 이렇게 골라 오라는 겁니다. 그리고 저도 한 개 털 샤스를 입어야겠구요."

이 엄청난 주문을 곁에서 듣던 혜순의 눈이 둥그레지고 종순이도 책상에서 힐긋 고개를 돌려 어머니의 얼굴을 쳐다본다.

"아-니 한꺼번에 그렇게 많이 사신 대요?"

김 집사는 만족한 듯이 웃으며 기대고 있던 물건 보퉁이를 앞으로 잡아당긴다.

보퉁이를 풀어 놓자니 방안이 빽빽하게 좁아진다. 종순은 혼자서 입을 삐쭉하고

'영철 씨는 간다더니 왜 안가고 저러고 앉았을까?'

하고 힐긋 영철을 돌아보았다.

영철은 종순의 시선이 비난하듯 자기의 왼편 뺨과 귀 언저리를 쏘는 것을 느끼면서도 그는 지그시 한 자리에 앉았는 것이다.

"가 보아야겠습니다."

하고 인사를 마친지라 강상준이가 들어올 때 그는 일어서서 나갔어야 할 것이었다.

그러나 웬일인지 상준과 마주칠 때 영철은 나가 버리기는 싫었다. 자기가 이 집에 온 것은 순전히 혜순이 모녀를 만나러 온 것이다.

그는 하루 동안이고 아니 온밤을 이 집 이 방에서 이렇게 혜순의 어머니랑 혜순이랑 같이 앉았으면 그 이상 바랄 것도 없는 듯싶은 영철이었다.

한 주일에 한두 번씩 이 집을 찾아오는 즐거움은 영철에게 있어 파라다이스의 쾌락을 맛보게 하는 것이 아닌가.

그러한 정열이 언제부터 솟아났는지는 영철 자신도 알지는 못한다.

분명 작년 여름부터 아버지가 피난 예배당을 맡으시고 그 예배당에 혜순이와 함께 찬양대를 만들게 된 그때부터 영철은 혜순의 존재에 커다란 관심을 가지게 되었던 것이다.

혜순의 피아노 소리는 영철의 귀에는 피아노 소리는 아니었다. 천사가 공중에서 황금 비파를 타는 그런 소리로 들리는 순간이 있는가 하면 어느 서양 명화에 나오는 미녀가 타고 있는 하프의 곡조로 들리기도 하였다.

영철은 그토록 혜순의 피아노 소리가 듣기 좋았다. 아니 혜순이가 맘에 들었다. 혜순이와 함께 간다면 끝없는 사막 길로 노래하며 갈 수 있을 것만 같다.

파도가 설레는 큰 바다에도 혜순이와 같이 간다면 일엽편주를 타도 무섭지가 않을 것 같다. 파도가 타고 있는 배를 삼켜 버리면 혜순을 안고 평화롭게 파도 속으로 숨어 버릴 상도 싶다.

영철은 올해 스물세 살, ××신학교 이학년에 학적을 두고 있으나 그는 아버지가 목사인 관계로 아버지의 주창대로 신학교에 들어간 것은 아니다.

아버지는 차라리 영철에게 의학을 권해 보았고 농과를 지적한 일도 있었다. 그러나 영철은

"의학은 저 아니라도 의학적 소질을 가진 청년들이 있습니다. 농업이며 공업이며 정치며 경제며 다 적당한 천재들이 있습니다……. 그러나 저는 신학을 하겠어요."

하고 아버지에게 대답하였던 것이다.

아버지도 웬만한 일로 영철의 뜻을 변케 할 맘은 없었다. 어릴 때 일곱 살때 어머니를 잃어버린 영철은 계모를 맞이하여 두 동생을 얻었으나 영철의 얼굴 한 구석에 언제나 외롭고 초라한 표정이 아로 새겨져 있는 것을 아버지 유 목사는 똑똑히 인식하는 것이었다.

가끔 호젓한 시간에 아버지와 아들이 만나게 될 때는 두 사람은 말없이 서로를 물끄러미 바라다보는 것이다. 영철이가 먼저 눈을 떨어뜨리고 고개를 숙이면

"애 영철아 좀 더 씩씩하려무나. 너는 나의 장자야."

"……."

아무런 대답도 없이 부스스 일어나 자기 방으로 들어가는 영철의 눈에 눈물이 번쩍이는 것을 알아보는 유 목사는 창자 끝에서 우러나오는 한숨을 목구멍으로 밀어 넣고

'아버지 하나님! 영철을 영철의 장래를 부탁하옵니다.'

하고 비는 것이었다.

영철을 자기처럼 박봉을 받는 목사가 되어 수백 명 교인의 눈치를 살펴가며 수백 명 제직에게 시집을 사는 목사의 직업을 가지게 할 마음은 없는 유 목사였다.

유 목사는 이러한 생각이 목사인 자기로서 하나님 앞에 죄스럽게 생각이 되어 어느 때는 두 끼나 금식하고 울면서 기도한 일도 있었다.

영철의 눈에도 아버지는 목회에 성공한 목사로 보이지는 않았다. 그러한 아버지의 뒤를 이어 자기도 한 사람 몫의 목사가 될 마음은 꿈에도 없는 것이다.

영철이가 신학교를 택한 것은 까닭이 있다. 보다 깊은 철학자들과 사귀고 싶은 것도 그 이유의 하나이다. 칸트니 키에르케고르니 슈바이처니 토인비니 하는 철학적 거성의 사상에 접하고 싶은 야심도 그 일부는 일부다.

그러나 영철의 가슴의 가장 깊은 맘속에 간직한 비밀은

'신학교를 나오면 미국 유학이 쉽다.'

라는 통속적일 수도 있고 나쁘게 말하면 세속적일 수도 있는 야망이 깃들어 있기 때문이다. 적어도 미국쯤 갔다 와서 신학 박사라는 학위를 얻어오게만 되면 녹록한 목회자가 되는 것이 아니라 이 나라 사회 사업계나 교육계나 그리고 어떠한 문화면에서도 자유자재로 활약할 수 있을 것이 아닌가.

이것은 유영철의 연령에 있는 기독교 청년들이 흔히 가질 수 있는 야심의 하나이기도 한 것이나 영철은 자기만이 이런 신비스러운 사명감을 간직하고 있는 것으로 생각한다.

그래서 그는 지금 이 방에서 상준이가 경박스럽게 (영철의 눈에는 상준의 거동은 언제나 경박스럽게 보이는 것이다) 지껄이고 있는 꼴이 우습고 가치 없게 보이는 것이었다.

이 경박한 청년이 혜순이에게 호의를 보이기 시작한 것은 참으로 불쾌한 일이요 어느 의미 불행한 일이 아닐 수 없는 것이다.

"가 보아야겠습니다."

하는 인사를 했을망정 좀 더 이 집에 머물러야 한다. 머물러서 상준이가 어떤 이야기를 하며 어떤 태도를 하는가 그리고 이 집 식구들 김 집사며 혜순이가 어떠한 표정으로 그를 대하는 지를 살펴 볼 필요가 있는 것이다.

상준은 김 집사가 내미는 털 샤쓰며 속옷들을 바라보고

"모두 얼마 됩니까?"

하고 물었다.

"돈은 천천히 주셔도 좋은데."

"천만에 말씀을…… 모두 얼마지요?"

"털 샤쓰가 세 개니까 오천구백 환이구 메리야스 세 벌이 천이백 환 모두 칠천백 환이구먼. 칠천 환만 주시지."

"그럴 수 있습니까 집사님. 가게 물건을 더 비싸게는 못 드릴지언정 깎아서야 말씀이 됩니까."

상준은 백 환짜리로 묶어진 만 환 다발을 끈을 풀고 거기서 이천구백 환을 제하고 나머지를 혜순의 어머니 앞으로 내밀며

"세어 보십시오."

하고 그 사이 혜순이가 자기 책보에다 찬찬히 싸서 내놓는 꾸러미를 안고 일어선다.

"왜 아직 이른데 좀 천천히 노시지."

하고 혜순 어머니가 진정 고마워 이런 인사를 하였으나

"또 오지요. 오늘은 바람도 불고 하니 일찍 가 보겠습니다. 유 군 같이 가지 않겠어?"

하고 영철을 돌아본다. 한 교회에서 같은 찬양대원으로 그들은 각별히 친한 사이다.

영철도 따라 일어서며

"나도 이왕이면 자네와 같이 가려고 기다리고 있었네."

"친절하시군요."

종순이가 돌아보며 입을 쫑긋한다.

두 청년이 밖에서 신을 신고 혜순이가 등잔을 내밀고 섰는데 바람에 램프가 금방이라도 꺼질 듯 꺼질 듯 거물거린다.

"등을 들여 놓시죠."

"추운데 어서 들어가세요."

하고 영철이도 말을 하였으나 혜순은 등잔을 안으로 넣고 문을 닫았을 뿐 청년들이 언덕으로 내려갈 동안 문 앞에 우두커니 서 있었다.

그것은 일 분도 못 되는 짧은 시간이었으나 혜순의 어머니는 지루한 시간이었다.

'꽃이 피면 열매가 열리는 법이니……'

이날 밤 혜순의 어머니 김 집사는 늦도록 깊은 잠을 들지 못하였다.

'두 청년이 다 좋아 상준은 쾌활하고 영철은 은근하고……'

혜순의 어머니는 문득 영철의 어머니가 계모라는 것을 생각하자 그는 어둠 속에서 눈살을 찌푸렸다.

이튿날 날이 새자 바람은 자고 하늘을 남청색 옥을 깎아 펼친 듯 아름다웠다.

김 집사는 김장감을 사들여 놓고 가게로 갔다. 혜순이며 종순이며 모두 학교에서 일찌감치 돌아 와서 김장감을 고르고 있는데 해질 무렵 뜬금없이 '트람관'을 짊어진 지게꾼 한 사람이 올라왔다.

"어데 놀랑기요 도랑깡."[8]

하고 묻는다.

"우리 집에 오는 거야요?"

혜순은 어머니가 사 보낸 것으로 짐작하고 부엌 문 앞에 놓으라 일렀다.

안팎을 말짱히 청색 페인트로 칠을 한 새 트람관이다. 지게꾼이 돌아가자 이번에는 물지게를 진 사람이 올라 왔다.

"이 도랑깡에다 부으끼요?"

하고 물지게를 벗는다.

"아이구 좋아라."

하고 종순이가 소리를 친다. 물 한 통을 가져오는데 얼마만한 시간과 수고가 드는 것을 생각하면 이 한 지게의 물은 참으로 천사의 선물처럼 고마운 것이다.

혜순이며 종순이며 모두 어머니에게 맘속으로 감사를 보냈다. 물지게꾼이 내려가더니 또 다시 물을 가지고 올라왔다.

물지게로 가져온 물이 전부 여덟 통이다. 트람관이 차고 남은 것은 항아리에 부었다.

저녁에 시장에서 돌아오신 어머니가

"웬 도람관이냐?"

눈이 둥그레 물으신다.

"어머니가 보내신 거 아니에요?"

혜순이도 눈이 둥그레졌다.

"그럼 물지게도 어머니가 보내신 건 아니로군요."

종순은 고개를 빼조름하고 어머니를 쳐다보았다.

---

8 도라무깡. '드럼통'의 일제식 경상도 방언.

"아—니."

"……."

세 사람의 눈과 눈은 잠깐 동안 서로들을 바라보다가 종순이가 먼저 입을 열었다.

"상준 씨가 보냈을 거야 분명 상준 씨야."

종순의 말에 어머니도 잠잠하시고 물론 혜순도 말이 없었으나 혜순의 두 뺨은 불그스레 홍조가 피어나고 그의 입 가장자리에는 꽃순과 같은 미소가 아로 새겨진다.

김 집사는 자기의 딸 혜순이가 확실히 강 장로의 아들을 사랑하고 있다는 사실을 짐작하게 되었다.

'강 상준은 XX대학 철학과에 재학.'

그는 건강하고 두뇌도 명석한 청년 학도다. 혈통도 좋고 가정환경도 나무랄 데가 없으나 김 집사는 속으로 중얼거렸다.

'얼굴이 너무 아름다워…….'

얼굴이 아름다운 사나이는 항시 여인들에게서 유혹을 받기가 쉽다는 것을 생각할 때 김 집사의 고개는 좌우로 흔들리는 것이다.

혜순이가 유 목사의 아들보다도 강 장로의 아들을 더 좋아하는 것은 무엇보다도 그의 외모가 잘생긴 까닭이 아닐까?

이날 밤도 김 집사의 잠은 깊게 들지 않았다. 주일 전날 김장이 끝이 났다. 배추김치며 동치미들이 알맞은 항아리에 들어앉고 뚜껑이 덮이자 김 집사는 가슴을 쓸어 내렸다. 겨울의 밤 양식이 준비된 안도감이다.

이튿날은 주일이다. 김 집사 삼 모녀가 모두 일찌감치 조반을 마치고 예배당으로 갔다. 예배 후에 부인들의 인사는 대개가 김장 얘기였다. 찬양

대원들은 피아노 앞으로 모이고 혜순은 상준의 어깨 너머로

"물을 보내 주셔서 여간 도움이 되지 않았어요."

하고 소곤거렸다.

"네? 물이라니요?"

상준은 알아듣지 못하는 얼굴이다.

"트람관이랑 물이랑 모두 보내 주시고는……."

"아니 난 전연 모르는 일입니다."

찬양대 대장 P씨가 나타나자 그들은 곧 노래 연습이 시작되었다.

피아노를 치면서도 혜순의 가슴은 약간 허전하여졌다. 사흘 동안이나 간직하였던 그 '감사'의 대상이 상준이가 아니라는 것을 깨닫게 되자 그는 실망에 가까운 섭섭함을 처분할 수가 없는 것이다.

저력 있는 성량으로 베이스를 담당하고 있는 유영철을 흘깃 돌아보았으나 혜순은 감사하다는 마음보다 괴로움과 비슷한 무거운 생각으로 가득하여지는 것을 어찌할 수 없다.

찬양대의 연습도 끝이 나고 오늘은 김 장로 댁에서 찬양대 일동의 점심을 준비하였다 한다. 대원들은 예배당 구내에 있는 김 장로 댁으로 가서 뜨뜻한 장국밥을 한 그릇씩 받고 능금도 한 개씩 먹었다. 능금을 깎다 말고 혜순은 영철과 일순 눈이 마주쳤으나 혜순은 반사적으로 얼굴을 돌려 버렸다. 혜순은 장국밥이며 능금이며 모두 목만 막히고 수월하게 내려가는 것 같지는 않았다. 점심을 필하고 나오는데 혜순의 바로 뒤에서 영철이가 신을 신고 있었으나 혜순은 물을 보내서 고맙다는 인사말이 목구멍 너머에서 넘어다 볼 뿐 입술까지 나오지는 않았다.

점심을 마친 대원들의 절반 이상이 다시 예배당으로 들어가야만 된다.

한 시 정각부터 시작하는 주일 학교를 지도하여야 되는 때문에.

혜순은 피아노를 쳐야 하고 영철은 어린이를 위하여 설교를 맡아 있다. 상준은 주일학교에는 관계가 없어 그는 집으로 돌아가는 사람들과 함께 예배당 정문을 나왔다. 터벅터벅 발소리를 내며 가는 상준은 오늘 달리 약간 우울하여졌다.

'물을 보냈다? 혜순의 집에 물을 보낸 사람은 누굴까?'

상준은 자기보다 훨씬 더 주의가 깊고 치밀한 정성을 가진 사람이 도대체 누굴까 생각하여 보는 것이다.

몇 날 전 바람 불던 밤 혜순의 집에서 우연히 마주친 유영철의 얼굴이 상준의 눈앞을 스쳐가자 상준은 쓰디쓰게 웃었다.

퓨리탄(청교도)으로 자타가 공인하는 유영철은 확실히 혜순의 마음 아니 혜순의 어머니 김 집사의 호의를 사고 있을 것만은 부인할 수 없는 일이다.

상준은 김 집사의 신앙을 경멸할 마음은 없다. 풋 정열과 비슷한 그의 열심에는 어느 정도 긍정할만한 점도 없지 않은 것이다. 적어도 김 집사의 연세에 처한 부인으로서 그만치 총명하게 처세할 수 있는 것부터가 그의 내면생활에서 오는 경건이 없으면 될 수 없는 일이다.

그러나 유영철을 맹목적으로 지지한다는 것은 (이게 강상준의 독단인지는 모르나)

'역시 할 수 없는 무식한 여인.'

으로 지적할 수밖에 도리가 없다 생각하는 것이다. 그렇다고 해서 혜순의 결혼의 결정이 혜순에게 있는 것이 아니라 그의 어머니에게 있다는 사실을 무시해 버리거나 모멸해 버리고 싶지는 않다. 일체를 어머니를 믿고 의

지하는 혜순의 처녀다운 심정이 눈물겹도록 기특하게 생각되는 까닭에.

문제는 혜순의 어머니가 자기 강상준을 유영철과 비교하여 어느 정도의 '가치'를 정하고 있는가가 중점이 되는 것이다.

'김장 때 물을 보낸다는 것은 확실히 천재다.'

상준은 진정 싫지만 이렇게 맘속으로 단정하지 않을 수 없다. 지금까지 풋내기로만 알았던 그리고 십구세기식 독선자로만 생각해 온 유영철에게 자신이 생각할 수 없었던 지혜가 숨어 있었다는 것을 발견한 일은 상준이에게 있어 유쾌한 일은 아니었다.

상준은 보이지 않는 씨름에서 멋들어지게 영철에게서 한 수 졌다는 감정을 잊어버리려고 그는 휘파람을 날리며 구둣발로 탁 조약돌을 찼다.

앞으로 닥쳐오는 크리스마스에

"무엇을 보내면 물보다 더 반갑게 그들이 받을 수 있을까?"

외투 주머니에 두 손을 끼운 채 어슬렁 큰 길로 걸어가며 상준은 연해 중얼거린다.

"물보다 더 귀한 것?…… 물보다 더 귀한 것이 무엇이냐?"

수시로 묻고 또 물어 보는데 여기에 대답이나 하는 듯이

"상준 씨!"

하고 부르는 소리가 등 뒤에서 들려왔다. 돌아보니 진실로 하늘에서 사뿐 내려선 듯 혜순이가 방그레 웃고 걸어온다. 슬프디 슬픈 미소를 담고.

상준은 당황한 소리로

"아직 마칠 시간이 아닌데 웬일이세요?"

하고 걸음을 멈추고 섰다.

혜순은 얼굴을 찌푸리며 가는 소리로

"갑자기 배가 아파서…… 미안하지만 택시 하나 불러주세요 걸을 수가 없어요."

혜순은 사람의 눈도 가리지 않고 상준의 어깨에 매달린다. 혜순의 얼굴에는 혈색이 물러가고 그의 이마와 콧등에 찬 땀이 솟는 것을 보아 상준은 심상치 않은 질환이 혜순을 사로잡은 것을 짐작하고 부르르 떨며

"혜순 씨! 정신 차리세요 지금 곧 병원으로 갈 테니."

하고 지나가는 택시를 향하여 손을 들었다.

3회

택시가 와서 댔다. 운전수가 안으로 문을 열었건만 혜순은 노랗게 질린 얼굴로 상준을 쳐다만 보고 섰다.

"꼼짝을 못 하겠어요. 절 좀 붙들어 주세요."

상준은 결심하고 혜순을 안아 택시 안으로 들어갔다.

'맹장염!'

상준의 상식은 혜순의 급격한 복통을 이렇게 진단하자

"병원으로 갑시다. 내과로."

하고 운전수에게 부탁을 해 놓고

"내장 외과로 여기서 가까운 병원이 어디죠?"

하고 상준은 운전수에게 물었다.

"내장 외과라는 건 잘 모르겠는데요. 내과라면 요 가까운데 있어요.

잠깐 망설이던 상준은 커다랗게

"범일동으로."

하고 소리를 쳤다. 약 한 달 전에 진태 부친이 맹장염을 수술 받은 F병원이 생각난 때문이다. F병원은 집도 적고 수술실이며 진찰실이며 모두 협착하였다. 그러나 원장의 인격이 능히 환자를 맡길 수 있다는 인상을 주는 병원이었다.

상준이가 지금 생각하는 의사의 인격이란 것은 수신제가치국평천하를 말하는 것이 아니다. 사람의 생명을 정중하게 다루는 말하자면 믿고 생명을 맡길 수 있는 사람을 의미하는 것이다.

진태는 기어이 상준을 자기 아버지 수술실까지 데리고 갔고 그래서 상준도 만만치 않은 호기심과 무시무시한 장면을 예기하면서 수술실로 따라 들어갔던 것이다.

첫째 F병원 원장은 침착하였다. 그리고 칼 한번 대고 바늘 한번 꿰매는데 면밀하고 민첩하였다. 무엇보다도 수술 기계를 두 시간을 삶는다는 점에 고개가 수그려졌던 것이다.

F원장의 말을 들으면

"외과 치료는 소독이 제일입니다. 이 환자에게서 사용하던 기계를 저 환자에게로 옮겨서 쓸 때 소독이 불충분하면 위험 천만이니깐요……. 가끔 의외로 경과가 불량해지고 수술한 곳으로 균이 침입해서 패혈증을 일으키는 수가 있는 것은 외과의가 소독을 게을리 한 죄로서 오는 불행입니다."

그래서 그런지 F의사에게서 수술을 받은 환자는 백이면 구십구 명은 완쾌되어 나간다. 이것은 원장의 '소독 철저'에서 오는 행복일 것이다.

"외과의의 인격은 기계 소독과 정비례한다."

상준은 진태와 이런 말을 주고 받고 웃은 일이 있었다.

차가 부산진역 앞을 지난다.

"F병원으로 빨리 몰아주세요."

상준은 드디어 쿠션에 혜순을 누이지 않으면 안 되었다. 몸을 지탱하지 못하고 한편으로 쓰러지는 때문이다.

'만약에 길에서 나를 만나지 못했더라면 이 처녀는 길바닥에 그냥 쓰러

져 누었을 테지.'

이런 생각을 하니 상준은 전신에 소름이 지나간다.

F병원에는 마침 원장이 있었다. 상준의 짐작이 틀리지 않아 의사는 급성맹장염이라 진단하였다. 우선 포도당을 한 대 주사하고

"뭐 걱정 하실 건 없어요. 수술은 간단합니다."

아버지 연배 되는 이 노련한 의사는 이런 말로 안심을 시켜 놓고

"부인의 연세는 몇이죠?"

"스물 셋이에요."

혜순이가 대답을 하였다.

"애기는 몇이지요?"

"아직 결혼하지 않은 처녀입니다."

상준이가 대답을 하였다.

"그럼 어떠한 관계십니까? 여동생이십니까?"

의사의 직접적 질문이라기보다도 환자의 생명에 대한 공동책임을 지우려는 것이 아닐까?

"…… 누이동생은 아닙니다."

"네— 네— 알았소. 약혼한 사이로군."

의사는 발병 시간과 병나기 전에 무엇을 먹었는가를 묻고 나서 마지막에 환자의 직업을 물었다.

"학생이야요 ××대학 영문과."

"네— 입원실은 있습니다. 그런데 이부자리와 식사도구 일체는 환자 자택에서 가져오기로 되어 있습니다."

혜순은 눈살을 찌푸렸다. 가을부터 몇 달을 덮어 온 자기 집 이불을 생

각할 때 그는 가슴이 내려앉는 것이다.

"병원에서 입원실 전용으로 쓰는 이불이 있으면 좀 빌렸으면 싶은데요. 피난 생활이 돼서 이부자리가……."

상준은 말끝을 흐리고 열없게 웃었다.

"미안합니다, 없습니다…….,"

원장은 잠깐 망설이다가

"입원비의 얼마를 먼저 내시도록 되어 있는데요. 규정이……."

"……."

"어련히 하시겠습니다마는 의사회의 규정이 그렇고 또 사실 그렇게 하지 않으면 왕왕 곤란한 일이 생기기도 하고."

"네 — 알겠습니다, 규정대로 하지요……. 그럼 지금 가서 이부자리랑 보증금이랑 마련해가지고 오겠습니다."

상준은 원장 앞으로 다가서며

"현금 대신 우선 이런 걸 받아 주십시오. 환자의 어머님도 곧 오실게고."

하고 그는 왼손에서 십팔금 팔목시계를 풀어 놓았다.

"나루탄입니다. 시계로서는 최고급이란 걸 아시겠지만."

의사는 심상한 표정으로

"이렇게 하실 건 없어요. 시계는 손목에 거십시오. 어서 가서 이부자리며 식사도구며……."

"상준 씨! 어머니만 불러다 주세요. 미안합니다."

하고 혜순은 상준에게 애원하듯 부탁을 한다.

"지금 곧 택시 타고 다녀올 테니 안심하고 계셔요."

간호부며 조수며 모두 수술용 기계들을 소독할 준비를 하고 상준은 밖으로 나왔다. 생각난 듯이 바다에서 씽— 하고 바람이 불어온다. 상준의 기름 바르지 아니한 머리칼이 함부로 날린다. 서쪽 하늘에 오늘 달리 저녁 노을이 붉게 타고 있어 겨울치고는 너무나 화려한 노을이다.

상준은 기차선로를 지나 기찻길로 나오자 가슴을 누르고 있던 우울이 바람에 실려 날아간 듯 거뿐하여 지는 것은 무슨 까닭인가.

혜순의 급환은 혜순에게나 상준이 자신에게까지도 확실히 불행이 아닐 수 없다. 그러나 상준은 이 불행이 가져온 기회가 고마웠다. 이것은 일종의 요행이기도 하다.

영철이가 김장 때 물을 보내서 김 집사 가족이며 특히 혜순이에게 호의를 샀다는 사실이 얼마나 부러웠던고. 만만치 않은 질투까지 느꼈던 그 친절.

상준은 지금 물보다 훨씬 값있는 봉사를 혜순에게 할 수 있다는 사실이 신기하게도 나타난 기적처럼 느껴지는 것이다.

상준의 입가에는 자신 있는 미소가 흐뭇하게 깃든다. 그것은 방금 황혼을 장식하는 저 서쪽하늘의 붉은 노을과도 같이 화려한 웃음이다.

상준은 지나가는 택시를 붙들었다. 그가 택시에 올라탈 때 서편 하늘 일면 불그스레 곱게 물든 하늘에 갑자기 까마귀 떼 같은 검은 점들이 날아 올라가는 것이 보였다. 일 초쯤 뒤늦게 시꺼먼 구름 같은 것이 하늘로 치미는 것도 보였다.

"불?"

상준은 택시문을 잡은 채 잠깐 그 자리에 섰다.

그 사이 예배당에서 제직회를 마치고 여전도회 총회까지 보고 온 김 집사는 으스스 몸이 떨리고 배가 고파 왔다. 집에는 또 참따랗게 자물쇠가 채여 있다. 혜순이며 종순이며 모두 돌아오지 않은 것이다.

"애들은 밤낮 어디로 쏘다니는 거야."

버럭 짜증을 내며 주머니에서 열쇠를 꺼내 문을 열었다. 다다미 석장을 깔아 논 방에는 찬김이 써르르 온몸에 감긴다. 화로를 헤치고 보니 불은 고스란히 꺼져 있다.

배도 고프고 춥기도 하나 그는 구공탄 위에 얹힌 주전자를 내릴 마음은 없다. 땟국이 흐르는 이불을 뒤집어쓰고 방 한옆에 누워 버렸다. 괴롭고 짜증 나는 생각들과 싸우다가 어렴풋이 잠이 들려는데

"어머니! 불이 났어요."

종순이가 돌아왔다.

"아주 큰 불이에요. 아이 무서워. 사뭇 불바다 같에요……. 나 배고파요."

종순은 찬 밥통 뚜껑을 연다. 절반이 외미 그리고 좁쌀도 약간 섞인 밥에다 주전자를 주르르 따른다. 항아리에서 김치를 내오고. 지극히 겸손한 점심을 진미처럼 먹어대는 종순을 물끄러미 바라보다가 김 집사는 입을 열었다.

"네 언닌 어디 갔니?"

"몰—라 아까 애들이 그러는데 혜순 언니는 주일학교 가르치다 말고 중간에서 나갔대."

"중간에 나갔어?"

김 집사는 이불을 차고 일어나며

"어디로 갔단 말 못 들었니?"

"못 들었어요."

종순은 볼이 미어지게 밥을 떠 넣는다.

"……."

김 집사의 소복한 눈두덩이 밝아졌다. 성이 난 것이다. 종순이는 숟가락을 들고 귀를 기울인다. 왁자지껄 떠드는 소리가 점점 더 크게 점점 더 가까이 들려오기 때문에.

종순은 빈 그릇들을 부엌으로 내어 놓고 고개를 내밀어 언덕 아래를 내려다보았다.

"어머나!"

언덕 아래 일면에 어느새 저렇게 불이 퍼졌을까!

"어머니!"

하고 종순이가 소리를 쳤으나 방에는 대답이 없다. 김 집사는 지금 혜순의 행방에 대해서 지극한 근심에 빠져 있는 것이다.

'만약에 또 상준이와 어딜 갔다면? 오늘 주일날 주일 학교를 가르치다 말고…….'

김 집사는 등골이 갈라지는 것 같은 불안과 그리고 그와 비슷하게 분노가 치밀었다. 그래서 그는 종순이가 호들갑을 떠는 것만 같아서 대답하기가 싫었다. 아니 대답할 기력이 나지 않았다.

"어머니 큰일 났어요. 좀 내다 보세요."

"계집애가 왜 이래 수선을 피니? 좀 얌전하면 어떠냐?"

김 집사는 어금니를 닫고 이런 소리를 할 뿐 밖으로 내다 보려고는 하지 않는다.

"아니 큰일 났어요. 정말로 저것 좀 보세요. 확실히 네 지붕에 불이 붙기 시작했어요."

"무어?"

그제야 김 집사는 하꼬방에서 뛰어 나왔다. 자기 집에서 여남은 집 떨어진 확실이네 집에 불이 담겨있는 것이 보였다.

"야 이거 큰일 났구나."

김 집사는 방으로 달려 들어가서 보퉁이를 꺼냈다. 그리고 이부자리며 입던 옷가지며 모두 이불에 꿍쳤다. 그러니까 숟가락이며 냄비며 밥그릇도 눈에 띄었다. 김 집사는 모두 이런 것을 이부자리에 쌌다.

"종순아 자 네가 한 개 이고 내가 한 개 이고 아래로 내려가자."

"아래로 어디로?"

"우선 예배당으로 갈밖에. 좀 멀지만 이왕이면 멀찍이 피난을 가야지."

어디서 온 지게꾼인지

"제가 저다 드릴기요."

하고 지게를 내린다. 억세게 가슴이 실팍하게 보이는 장정이다.

"그러카소. 자 이거 지고 예배당까지 갑시다."

하고 김 집사는 물건 보퉁이를 장정과 함께 지게 위로 올려놓았다.

"이왕이면 이불 보퉁이도 같이 지소 그래."

"이라몬 너무 과한데요."

"아따 장정이 고만 것을 못 진단 말이요. 잔말 말고 어서 지고 갑시다. 내 삯을 후히 줄 테니…… 종순아 지게꾼 따라가라."

"아따 그라소. 나도 짐 지는 사람이라 한 번 젖 먹던 힘을 다 내보끼요."

하고 지게꾼은 이불 보퉁이를 덜렁 들어 물건 보퉁이 위에 올려놓고 힘들지 않게 일어선다. 과하다고 앙탈하던 것보다는 장정은 훨씬 빠르게 또 수월하게 아래로 내려간다.

불은 벌써 다섯 집 건너까지 닿아 왔다.

"종순아 어서 따라가라."

김 집사는 소리를 치면서 방으로 뛰어 들어갔다. 부엌에 있는 새끼 꽁지로 책상이며 버들상자를 한데 묶는다. 종순은 일변 지게꾼을 돌아보며 일변 자기 집 하꼬방을 들여다보며

"어머니 어서 나오세요. 불이 이곳에 붙어 오는데 뭘 하고 계세요?"

하고 발을 동동 구른다.

"어서 넌 지게꾼 따라가라."

하고 김 집사는 고리짝 위에다가 책상을 포개어 이고 나온다. 그들이 언덕 아래로 내려왔을 때 사람들의 고함치고 떠드는 소리가 더욱 사나워진다. 오고 가는 사람들에게 밀치고 떠받치면서 김 집사는 소리를 질렀다.

"애 종순아 지게꾼 어디로 갔니?"

하고 딸에게 물었다.

"저기로 갔는데요."

종순은 후다닥 다음 골목으로 뛰어 들어갔다.

"아이구 어째 살꼬 다 태우고 어째 살꼬."

하고 지껄이는 여인이 있다. 여인은 이마에 피를 줄줄 흘리며 비실비실 쓰러질 듯이 걸어가는 장정의 등을 밀며 통곡하듯이 주절거리며 지나간다.

사람들은 잠깐 동안 그를 주목하였을 뿐 아무도 그를 돕지는 못하였다. 김 집사가 큰 길로 나오는데 어떤 커다란 짐을 지고 가는 지게꾼에게 받쳐 이고 있는 고리짝과 책상을 땅바닥에 떨어뜨리고 말았다.

책상과 버들상자를 묶었던 새끼가 터지자 상자는 상자대로 책상은 책상대로 나동그라지고 사람들의 발길에 채어 버들상자는 저만치 밀려갔다.

어떤 심술 사나운 사람이 일부러 버들상자를 발길로 차서 뚜껑이 부서지고 그 속에든 옷들이 흐트러졌다. 김 집사는 옷을 거두어들이러 달려갈

수는 없었다.

지프며 트럭이며 택시들이 길을 막아 있고 그보다도 물결처럼 덮치고 오고 가는 사람들을 떠밀고 나갈 수가 없기 때문에.

책상도 다리가 부러진 채 사람들의 발길에 밟힐 뿐 어찌할 도리가 없다.

"어떡하나."

종순의 울음 섞인 소리가 들린다.

"지게꾼이 어디 갔는지 보이질 않아요."

"뭐?"

김 집사는 금시로 목이 탁 잘리었다.

"아니 지게꾼 따라 가랬더니 너 뭣을 하고 있었니?"

"어머니가 방에서 속히 나오질 않아서 그랬지 뭐."

하고 또 종순은 저쪽 골목으로 뛰어갔다.

"아이구 이를 어쩌면 좋아?"

김 집사도 지게꾼을 찾아 이러 저리 살펴보았으나 벌써 어두워져 황혼이 깔리는 길바닥 위에 더욱이 미친 듯 혼란한 군중들 틈에서 자기의 보퉁이 두 개를 지고 간 장정을 찾아내기는 어려운 일이었다.

"집사님!"

하고 어깨를 건드리는 사람이 있다. 돌아보니 유영철 군이다.

"얼마나 놀라셨어요. 집사님."

하고 영철은 김 집사의 몸을 되도록 사람들에게서 바치지 않도록 길을 열면서

"저리로 나갑시다. 여기는 위험합니다. 소방대 차들이 이리로 옵니다."

그제서야 김 집사의 귀에 소방대의 경적이 요란스럽게 들려 왔다.

"아니 보퉁이 두 개를 지고 지게꾼이 간 곳이 없어졌어. 지게꾼을 찾아
야 해."

김 집사가 마른 침을 삼키며 허둥지둥 골목으로 들어간다. 영철이가 따
라가며

"지게꾼 얼굴 기억하시겠어요?"

"키가 훌쩍 크고 장사같이 생긴 억센 사나이야……."

"좌우간 여기 좀 계세요. 제가 찾아 볼 테니간요."

영철은 으르르 떠는 김 집사의 몸에 자기의 외투를 벗어 걸쳐 주고 불
장소와는 약간 떨어진 돌층계 위에 앉혀 놓고 어디로인지 가 버렸다.

영철이가 서너 걸음이나 걸어갔을 때다.

"집사님."

멀리서 부르는 소리가 들린다. 손을 치켜들며 반달음질로 쫓아오는 사
람은 강상준이다.

"집사님 어떻게 되었어요. 집사님 댁으로 올라가는 길은 순경들이 금줄
을 치고 막아서서 얼씬도 못했어요."

상준은 이런 말을 할 뿐 혜순의 하꼬방 집이 불더미 속에 들어있는 것
을 차마 말하지는 못하였다.

"아무 것도 꺼내지 못했어요?"

"물건 보퉁이와 이부자리를 지게꾼에게 지웠더니 지게꾼이 간 곳이 없
어졌어."

"거 곤란한데…… 그럼 이부자리는 제가 달리 마련해 볼 테니 집사님 저
와 함께 병원으로 갑시다."

"병원이라니."

집사는 돌층대에서 껑충 일어서며 소리를 질렀다.

지게꾼을 잃어버리고 애가 타는 마음에 십 배 아니 백 배의 근심이 김 집사의 가슴을 찢어 놓았다. 그는 전신이 와들와들 떨리는 공포를 느끼며

"우리 혜순이가 어떻게 됐우?"

이렇게 묻는 김 집사의 눈앞에는 트럭이나 지프에 받혀 골이 깨어지고 다리가 부러진 혜순의 모습이 환등처럼 서 있다.

"지금 수술 준비를 하고 있습니다."

조용히 대답하는 상준의 한 팔을 움켜쥐고 김 집사는 나지막한 소리로

"생명은 붙어 있소? 어디를 다쳤어 대관절."

"다친 게 아니고 맹장염이야요. 그러니까 생명은 관계 없습니다."

"이 사람입니까?"

영철이가 보퉁이 두 개를 짊어진 장정 한 사람을 데리고 왔다. 틀림없는 자기 짐꾼이다.

"어디서 만났소?"

영철이가 대답하기 전에 지게꾼이 먼저

"예배당으로 가라해서 어느 예배당인지 몰라서 중앙동 예배당 앞에 서서 안 있었능기요."

"병원에서 이불을 가져오라는데 그럼 됐습니다."

상준이가 위로하듯이 이런 말을 하니

"빨지도 않은 걸 추해서 어떻게 한담."

김 집사가 당황해서 어쩔 줄을 모른다.

"집사님 제 이부자리가 바로 어제 새 잇을 끼웠는데…… 누가 사용할지 몰라도 집사님이 소용되신다면 지금 곧 가져 오겠습니다."

미처 김 집사가 무어라고 대답하기 전에 상준이가 소리를 질렀다.

"자네가 간섭할 일은 아니야."

하고 상준은 영철의 앞을 막아서며

"좋습니다. 우리 집에 어머니 이불을 가져가지요."

상준은 또 한 손 영철에게 선수를 빼앗긴 듯한 불쾌를 느끼면서

"집사님 갑시다. 속히 환자가 몹시 기둘려요."

그는 충무로로 꺾이는 골목에서 택시를 잡았다.

"종순이는 제 집에 보내 주었으니 안심하십시오. 집사님."

하고 유영철은 목도리마저 끌러서 김 집사의 목에 감아 주고

"누가 입원했지요?"

하고 물었다.

"우리 혜순이가 급성맹장염으로······."

김 집사는 푸하고 한숨을 쉬었다.

"맹장염은 조금도 무서운 병이 아닙니다. 집사님 안심하십시오."

영철이가 이런 말로 위로하는데 택시문이 열리며 안에서 상준의 목소리가 들렸다.

"지금 병원으로 가셔야 합니다. 어서 타십시오."

김 집사는 잠자코 택시 속으로 들어갔다. 이어 영철이가 따라 오르는 것을

"자네는 요담에 오게."

상준은 영철을 떠밀어내고 택시문을 콱 닫았다. 차는 스르르 속력을 내고 달려간다.

공허한 미소가 한참 동안 영철의 입가에 떠돌았다.

4회

　유영철은 멀어져가는 자동차가 아주 큰길로 사라진 후에 비로소 으스스 몸이 추워 왔다. 외투를 벗어 혜순이 어머니에게 입혔던 생각이 났다.

　지게꾼은 종순이가 데리고 간 듯 종순이도 지게꾼도 보이지 않는다. 어느덧 어둠이 짙어오는 소란한 거리로 영철은 터벅터벅 걸어 예배당 목사관으로 들어왔다.

　목사관 마당에는 화재민들의 보퉁이가 여기저기 놓여 있고 장정들이 왔다 갔다 하는가 하면 아낙네들이 부엌에서 저녁밥들을 지어 내놓느라 부산하다.

　영철은 자기 방 문을 열었다. 책상 앞에 돌아앉아 무슨 책인지 읽고 있는 종순을 발견하자 영철의 가슴은 흐뭇이 즐거워 왔다.

　방 한 구석에 커다란 보퉁이가 떡 뻗치고서 있는 것도 보기 좋은 것이었다.

　영철은 손수 자기 상에다 밥 한 그릇을 더 올려가지고 건넌방으로 와서 종순을 권하여 기어이 저녁을 먹었다.

　저녁 예배가 끝이 나고 사람들은 은 스토브에다 석탄을 쳐 넣고 아이 어른 삼십 명이 예배당에서 자기로 하는데 종순은 혼자서 영철의 방으로 들어왔다.

"나 심심해서 여기서 좀 놀겠어요."

"오브 코어스."

영철은 기쁘게 종순을 맞이하고 사진첩들을 꺼내 그 앞에 내놓았다. 영철의 중학교 시절에 박은 것 하며 그리고 영철의 어릴 때 박은 사진 하며 유 목사님이 신학교 졸업할 때 예복을 입고 박은 사진까지 골고루 다 보고 나서

"나 책 하나 읽게 해 주세요."

하고 종순은 책상 앞에 다가앉는다.

"무슨 책이 좋을까?"

하고 영철은 책장에서 '집 없는 아이'를 꺼내 종순에게 주었다. 두어 페이지 뒤적거려 보던 종순은 책을 턱 덮어 놓더니 책장에서 술 두꺼운 책을 하나 끄집어낸다. 신학개론이다. 종순은 책을 펼치며

"나 오늘밤 이 책 다 읽어 버릴 테야요."

하고 한쪽 눈을 깜박한다. 열여섯 살 난 소녀치고는 너무도 숙성해서 영철은 이쪽에서 적당히 할 말을 고르다가 한참 만에

"다 읽으면 내 상 주지."

하고 빙그레 웃으며 한 마디 하였으나 종순은 벌써 책을 읽기 시작한 모양으로 영철의 말에는 아무 대답이 없다.

예배당 안에서는 잠자리들을 정하느라고 부산한데 종순은 책만 읽고 있다.

"안방으로 가서 어머니 곁에 자요. 아버지는 이 방에 오시라고 해서 같이 주무시자 할 테니."

하고 영철이가 말하는 것을 종순은

"그럴 것 없어요. 전 이방에서 독서 하겠어요."

하고 태연스럽게 쪽 잘라 말을 한다.

"그럼 맘대로."

하고 영철은 자기도 책상 한 귀퉁이에서 무슨 책인지 한 권 꺼내 보기로
한다.

영철은 한참 읽어가다가 무심코 종순이 쪽을 힐긋 거들떠보았다. 종순
은 한 눈을 찡긋하고 뱅긋이 웃는다. 영철은 얼굴이 화끈 달아 왔으나 그
는 태연히 고개를 숙이고 책으로 눈을 보냈다.

시간이 어떻게 되었는지 바깥은 차츰 고요하여 진다. 영철이가 손목시
계를 들여다보니 열시 십분이다. 영철은 책에서 눈을 떼고 가만히 한숨을
뿜었다.

'지금쯤 혜순은 수술을 마쳤나?'

하고 생각하자 그는 도무지 마음이 편치 않았다. 상준이가 옆에서 갖은 시
중을 들며 김 집사의 마음에 들도록 왔다 갔다 하는 것이 눈에 훤하다.

영철의 눈썹 사이에는 어두운 그림자가 짙어왔다. 종순은 종이를 찾아
무슨 글자인지 싹싹 적어 영철에게 내민다.

"그렇게 우울한 얼굴을 해도 소용없어요. 내가 처음 이 방에서 밤새우
겠다고 했을 때 왜 '노―' 하지 않았어요? 그때 분명히 동의했다는 걸 알
아야 해요 피―."

영철이 얼른 다른 종이를 집어서

"노― 노― 그런 것 아니야. 염려 말아요. 내가 왜 종순이가 이 방에
있는 걸 싫어할 까닭이 있겠소."

하고 써서 종순에게 주었다. 종순은 가볍게 두 번 고개를 끄덕이고 곧 다
시 책으로 눈을 돌린다.

한참 있다가 또 영철이가 종이에다 글을 썼다.

"졸리면 자도 좋아. 자리 펴 줄까?"

종순이가 고개를 빼서 죽― 훑어보고 나서 그 옆에다가

"노― 노― 당신 졸리거든 먼저 주무세요. 난 이 책 끝나기 전에는 안
자요."

하고 썼다.

"정말?"

하고 영철이가 썼다.

"슈어."

하고 종순이가 쓴다.

"그러지 말고 어서 코― 해요. 오늘은 화재 때문에 놀랐고 내일은 또
병원으로 일찌감치 가봐야 하잖소?"

하고 써주었다.

"병원에는 어머니와 상준 씨가 있어요."

써 놓고 종순은 또 한 쪽 눈을 깜박한다. 영철은 종순이가 자기를 놀려
주는 걸로 생각이 나서 불쾌하여졌다. 영철은 아무 것도 쓰지 않기로 하고
한참을 책만 읽어갔다.

안방에서 열한시 치는 소리가 나고 아버지의 코고는 소리도 들려온다.
밤이 깊어가는 대로 찬 기운이 방안에 스며든다.

"춥지?"

영철은 이불을 내려 한 끝을 종순의 어깨 위에 걸쳐 주었다. 종순은 손
으로 이불을 당기며 고개를 까닥 한다. 고맙다는 뜻이다.

책장을 넘기는 바스락거리는 소리 외에는 이따금씩 우― 하고 바람이

지나갈 뿐이다.

"곤하신데 주무세요."

하고 쓰인 종이쪽이 이불로 가린 종순의 어깨 아래서 나왔다.

"종순이 먼저 자요."

영철이가 대답을 썼다.

"졸리긴 하지만 아까 한 약속도 있고 이불도 하나고 그래서……."

연필을 놓으며 종순은 커다랗게 하품을 한다.

"아까 했던 약속 소용없소. 이불도 한 개라도 괜찮소. 나는 신학생 종순의 친오빠와 다름없는 사람."

영철은 빙그레 웃으며 이렇게 써서 종순에게로 보냈다.

"그럼 잘까요?"

종순은 한 마디 하고 책을 덮고 기지개를 켠다. 영철은 요를 깔고 이불을 펴고 그리고 아랫목 쪽으로 종순을 눕게 하였다. 한 자 거리를 사이에 두고 영철도 누웠다.

"불을 꺼야지."

종순이가 일어나서 남포등을 꺼버렸다. 영철은 누워서 눈을 감았다. 기도를 드리는 것이다. 그러나 한참 만에 그는 혀를 차고 새로 시작하였다.

'오늘밤 기도는 왜 이렇게 지리멸렬한 것인가?'

영철은 마지막에 주기도문을 외우고 눈꺼풀을 덮었다. 쌔근쌔근 종순이는 잠이든 모양이다.

영철은 좀처럼 잠이 오지 않는 자신이 고약스럽기도 하고 괘씸하기도 하여 그는 몇 번이고 새까만 천장을 노려보고 눈살을 찌푸렸다. 얼마를 지났던지 고즈넉한 잠이 어렴풋이 들려는데 몸부림을 치며 돌아눕는 종순의 다리가 영철의 다리 위로 올라왔다.

영철은 잠이 편 듯 깨면서 웬일인지 가슴이 두근거려 왔다. 그는 살며시 종순의 다리에서 몸을 빼고 벽으로 돌아누웠다. 종순의 다리를 치우고 난 뒤 영철은 갑자기 허전하여지는 자신을 느꼈다. 그것은 정신으로서 오는 외로움 같기도 하고 어쩌면 육체에서 오는 욕망 같기도 하다.

인제 만약 종순이가 다시 한 번 다리를 얹는다면 그는 날이 샐 때까지 그냥 실어놓고 있어도 좋을 것만 같다. 그러나 종순은 다시 몸부림을 치지도 않고 돌아눕는 기적도 없다.

안방에서 시계가 열두 시를 친다. 영철은 자신의 전신에서 피어오르는 가스 같은 감정을 털어 버리려고 그는 커다랗게 기지개를 켜고 그리고 몸을 뒤쳐 누웠다.

기지개를 켜고 팔을 오므려뜨리는 순간 종순의 보드라운 머리가 가장 자연스럽게 영철의 팔에 와서 안기었다. 엄마의 가슴에 안기듯 종순은 영철의 가슴에 고개를 파묻고 쌔근쌔근 가늘게 코를 곤다.

영철은 살며시 한 팔로 종순의 어깨를 감고 그 보드라운 머리털에 가만히 얼굴을 대었다. 풀 향기와도 같고 어쩌면 커피 냄새와도 같은 고소한 향취가 종순의 머리에서 풍겨나온다.

'웬일일까?'

영철은 어둠속에서 혼자 물어보았다. 자기 귀에까지 똑똑히 들리는 이 가슴의 고동소리는 무엇을 의미하는 것일까? 또 한 개의 영철이가 이불 밖에 서서 자기를 노려보는 듯 영철은 두려움에 근사한 자기 반문을 계속하였다.

'너는 신학생이지? 이 소녀는 혜순의 동생이야. 아직 다 성숙하지 못한

어린 소녀—.'

착한 애기를 안아 재우듯 영철은 한 손으로 이불을 당겨 종순의 어깨를 누르고 한 팔에 종순의 머리를 올려둔 채 그는 천장을 향하여 반듯이 누웠다.

시간이 자꾸 흘러갔다. 밤의 검은 장막은 드디어 퇴색하기 시작하고 새벽이 찾아 왔다. 신의 시간 새벽이 가까워 오자 영철은 누구에게 겁이 날 만큼 결단코 악을 행한 일이 없다 생각하면서도 그는 종순의 머리가 베고 있는 팔을 살며시 뺐다. 그리고 누운 대로 주기도문을 외었다.

'우리를 시험에 들지 말게 하옵시고.'

하는 대목에 와서 영철은 가슴이 뭉클하도록 어떤 감격이 뻗어 오르는 것을 느끼었다.

예배당에서 찬미 소리가 들려온다. 화재민들이 부르는 노래다.

"나의 갈길 다가도록 예수 인도하시니 내 주 안에 있는 궁휼 어찌 의심하리오."

여기까지 듣고 있던 영철은 목청을 뺐다.

"믿음으로 사는 자는 하늘 위로 받겠네 무슨 일을 만나든지 만사형통하리라."

영철은 노래를 부르면서 일어나서 남포등에 불을 켰다.

"무슨 일을 만나든지 만사형통하리라."

찬미를 따라 부르며 영철은 예배당으로 들어섰다.

추워서들 어떻게 밤을 새웠느냐는 인사도 하고 그들과 함께 찬미도 부르고 기도도 하였다. 부인들이 주방에서 아침들을 짓는데 김 집사가 왔다.

어머니의 목소리를 듣고 종순이가 장지문을 펄쩍 열었다.

"어머니 이리로 들어오세요. 여기는 따뜻해요."

어머니가 방으로 들어와서 팔에 안고 왔던 영철의 외투를 못에 거는 것을 보고

"언니 수술 괜찮아요?"

하고 물었다.

"괜찮다. 하나님 은혜로."

김 집사는 이렇게 말은 하면서도 그의 얼굴빛이 우울하고 걱정이 가득 찬 사람으로만 보여

"어머니 이 보통이 고맙지 않아요?"

하고 종순은 어머니를 위로해 봤다.

"모두 하나님의 은혜지."

"지게꾼이 정직한 덕분이에요."

종순은 해쭉 웃고 어머니의 얼굴을 들여다본다.

"지게꾼의 마음을 감동시킨 이가 하나님이야."

김 집사는 눈을 부릅떴다.

"네—."

종순은 간단히 대답하고 방으로 들어오는 영철을 보더니

"어머니 난 간밤에 유 선생님 이불 속에서 아주 따스하게 잤어요."

영철의 얼굴이 잡자기 붉어졌다.

"이불 한 개 가지고 고생했겠네."

하고 김 집사가 미안해서 인사를 했으나 영철은 무어라고 얼른 대답할 말이 생각나지 않는다.

"아냐요, 내 영철 씨 가슴에 착 붙어서 잤으니까 이불 좁지 않았을 꺼야요."

영철의 얼굴이 좀 더 붉어지고 영철은 견딜 수 없는 듯 방 밖으로 나가

버렸다.

"계집애 너 거 말이라고 하니?"

김 집사는 눈을 부라리고

"그야 친오빠처럼 믿고 한 이불에서 잘 수도 있지. 어제처럼 홀랑 태워 버린 때는. 하지만 입에서 나오는 대로 함부로 지껄인다면 남이 들으면 널 뭐로 알겠니?"

김 집사는 기어이 종순의 대강이⁹를 두 번이나 쥐어박고야 직성이 풀렸다.

안방에서 목사 부인이 건너오고 목사님도 오셨다. 화재 만난 인사를 하고 위로를 하는데 영철이가 들어서며

"김 집사님은 설상가상이랍니다. 혜순 씨가 맹장염으로 어젯밤에 입원 수술을 했거든요."

하는 말에 목사님 부처는 눈이 둥그레졌다.

"미안하지만 풍로 하나 냄비 하나 빌려주셨으면 좋겠어요."

김 집사는 용기를 얻어 이런 말을 하고 후— 하고 한숨을 쉬었다.

"네— 네— 드리지요. 냄비는 한 개론 안 될걸요?"

목사 부인은 냄비 두 개에다 자그마한 주전자를 끼워 보에 싸고 풍로보다 석유 곤로가 필요하다 하면서 곤로 살 돈까지 꺼내 준다.

부인 구제회에서 받아내면 좋고 그렇지 않으면 자기 가정에서 드리는 십일조 중에서 지불해도 좋다고 생각하는 것이다.

"어느 병원이지요?"

하고 목사가 묻는 것을

---

9 머리를 속되게 이르는 말.

"부산진 F병원입니다."

"경과는 양호하신가요?"

"네 덕분으로…… 수술은 깨끗이 됐다고 의사도 좋아합니다."

"아이 감사해라."

목사 부인은 진정 감사해서 한숨까지 쉰다.

날이 샐 때까지 강 장로는 꼬박 뜬눈으로 지냈다. 어제 아침나절에 예배당으로 간 상준이가 그 길로 가뭇없이 사라진 것이다.

'혹시 길에서 취체를 당하고 그 길로 병정으로 끌려간 것이 아닐까?'

그러나 학생증이 있으니까 그렇지도 않을 것이다.

'그렇다면…… 만에 하나라도 교통사고가 아닐까?'

강 장로는 가슴을 파고드는 불길한 생각을 잊어버리려고 베개를 고쳐 베고 눈을 감아 보았으나 사념은 천만 가지 근심 만을 몰아온다.

강 장로는 어제 예배당에서 국회의원 H씨의 부친에게서 들은 말이 새삼스럽게 생각이 난다.

"미국서 좋은 '스칼라십'이 두 개가 나왔어요. 그 중에서도 좋은 걸로 골라 상준에게 주기로 했습니다."

하고 반 너머 센 수염을 쓱 쓰다듬는 늙은 신사는 도대체 무엇 때문에 상준이에게 그렇게 호의를 가지느냐 말이다.

국회의원 H씨의 막내 누이동생이 올해 스물한 살 되는 애경이가 ×× 여자대학 음악과에 재학하고 있고 그 집에서는 우리 상준이와 애경이와의 장래를 생각하고 있는 모양이 아닌가?

분명코 늙은 신사는 말했다.

"남은 스칼라십 한 개는 애경이가 가지고 미국으로 건너갈 겁니다."

국회의원 H씨 집에서는 벌써 우리 상준이를 자기 집 사윗감으로 생각하고 있는지도 모른다.

강 장로는 애경이와 혜순이를 놓고 비교해 볼 때 하늘과 땅의 차이라고 생각하였다. 하나는 국회의원의 누이동생 하나는 국제시장 넝마장수의 딸. 애경의 집은 주택난으로 헤매는 부산에서도 으리으리하게 큰 집을 쓰고, 들어오며 나올 때 전용 택시나 지프가 등대하고 혜순의 집은 하꼬방 외칸짜리…… 강 장로는.

"안 돼 안 돼."

커다랗게 소리를 지르고 이불로 얼굴을 덮어 버렸다. 그러나 날이 새자 강 장로의 간밤의 근심은 씻은 듯이 없어졌다.

"내 아들이 누군데 그렇게도 총명한 상준이가 제 운명을 제가 어련히 알아서 택하려구. 비록 혜순이와 우정으로 사귄다 하더라도 결혼까지는 생각지 않을 꺼야 안하구 말구."

그는 위선 목사관으로 가서 어제 화재 만난 형제들을 위문할 것을 생각하는데 상준이가 들어왔다. 얼굴이 해쓱해서 상당히 피로한 모습이다.

"너 어데서 오는 길이냐?"

아버지의 음성에는 노기가 섞여 있다. 잠깐 망설이고 섰든 상준은

"병원에 있었습니다. 혜순 양이 맹장염으로 수술을 하게 되어 거기 좀 같이 있었어요."

"……."

아버지는 잠자코 아들을 처다보았다. 아버지의 시선과 마주친 상준은 얼른 고개를 돌려버렸다. 지금까지 이렇게 무서운 아버지의 눈을 본 일은 진실로 처음이다.

"아—니 너 혜순이가 누구길래 밤을 새서 병원에서 지켰다가 오는 거냐."

"……."

"너 네 맘대로 아무 처녀와 교제해도 괜찮을 상 싶으냐?"

아버지의 음성은 찌르릉 하고 천장이 울렸다. 상준은 조용한 목소리로

"안혜순이는 선량하고 총명한 처녀올시다. 교제해도 괜찮을 상 싶은 데요,"

하고 의견을 말했다. 언제 이야기해도 한번은 하고야 말 자기의 소신을 기어이 아버지 앞에 말하여 버린 것이다.

그러나 상준은 어제 저녁에 자기 이불도 꺼내 오지 못하고 김 집사의 주머니를 털어 이불을 사서 병원에 가져 갔느니 만큼 아버지나 어머니가 혜순이와의 교제를 좋아하지 않는 것쯤은 전부터 알고 있었다.

상준은 아버지의 속을 너무도 잘 안다. 혜순이의 가정이 가난하고 배경이 초라한 죄 밖에는 아무런 흠잡을 것이 없는 데도 그 코가 납작하고 키도 작은 애경이에게 호의를 가지는 아버지 어머니의 심사가 구역이 나도록 천하게 생각하고 있었던 것이다.

"너 미국 떠날 준비해라. 스칼라십이 왔다."

"네?"

상준은 얼떨떨해서 아버지를 쳐다보았다.

"네가 밤이나 낮이나 소원하든 그 미국 가는 길이 열렸단 말이다. 학비며 여비며 모두 저쪽에서 담당이라니 오직 좋으냐."

"……."

"싫으냐?"

"아—니요 대단히 좋습니다."

강 장로는 기침을 한번 하고

"이 스칼라십을 얻도록 노력해 주신 국회의원 H씨와 또 그 누이동생 애경이며 애경이 부친이며 모두 하고 저녁 같이 저녁을 대접하기로 했다. 그쯤 알아라."

일이 만만치 않게 긴박하여 가는 것을 생각하며 상준은 세수를 하고 아침도 먹지 않고 그대로 집을 나왔다. 병원에는 영철이와 종순이가 와서 있고 아침 일찍이 나간 김 집사는 아직 돌아오지 않았다. 혜순이가 눈으로 상준이를 부른다. 상준은 가까이 가서 혜순의 입에 귀를 댔다.

"유영철 씨 돌아가게 해주세요. 보기 싫어요. 그리고 상준 씬 여기 좀 계셔 주세요."

상준은 전과 달리 가슴을 쪼개는 듯한 슬픔을 어금니로 지그시 씹었다.

'이렇게 나만을 따르는 혜순을 남겨두고 미국으로 가야 하나?'

상준은 영철의 곁으로 가서 그의 어깨를 툭 쳤다. 그리고 빙그레 웃었다.

5회

    강상준이가 유영철의 어깨 위에 손을 얹어 놓으며

    "환자가 혼자 있고 싶어 한다나?"

하는 말을 듣고 종순은 가만있지 않았다.

    "그럼 강 선생님도 이 방에서 나가셔야겠군요."

하고 상준을 빤히 쳐다보았다.

    "나? 오브 코스 나가구 말구."

하고 강상준은 영철의 팔을 잡는다.

    "언니 나도 나가야 하나?"

하고 종순은 혜순의 얼굴을 들여다보았다. 혜순은 고개를 흔들고

    "넌 여기서 심부름 좀 해 주어."

    가늘디가는 목소리다.

    두 청년이 나간 뒤

    "언니."

    종순은 혜순의 침대 곁으로 교의를 당겨다 놓고

    "저 간밤에 말야 언니 놀라면 안돼."

하고 입을 꼭 다물고 혜순의 얼굴을 내려다본다.

    "왜 무슨 일 있었니?"

혜순은 벌써 눈이 둥그레졌다. 종순은 고개를 끄덕이고

"나 유영철 씨 방에서 유영철 씨 이불 속에서 잤어."

하고 손가락으로 턱 언저리를 긁적긁적 한다.

"왜? 왜 거기서 잤니? 이상하다."

"그럼 뭐 잘 데가 없지 않어? 예배당엔 숫한 남자가 득실거리고 난 또 목사님 부인과 자는 것 마음이 편치 않아서…… 거북하거든. 그래서 영철 씨 방에서 책이나 읽고 밤을 새우려고 했었지."

"아ㅡ니 왜 그랬니? 우리 집은 없어졌단 말이냐?"

종순은 고개를 끄덕이고

"불에 타버렸어. 우리 집이랑 근처 모두 다 타버렸어."

"그럼 어머니 보퉁이는?"

혜순은 커다랗게 소리를 쳤다.

"보퉁이는 건져 냈어."

"그래? 아니 불이 왜 났을까? 그래 불이 언제 났어?"

"바로 어제 저녁 때 시작한 불이 통행금지 시간이 되어 겨우 꺼졌다누."

종순은 그런 것은 대사가 아니라는 듯이

"언니 나 걱정 하나 있어."

혜순은 어제 저녁 때 수술한 사람이나 경과가 좋기 때문에 종순의 말을 들어볼 기력이 있는 것이다.

"걱정이라니 무슨 걱정이냐 말해 보아."

"언니 수술한 언니께 참 미안해요…… 말하지 않으면 가슴이 터질 것만 같아서……"

종순은 고개를 푹 숙이고 한숨을 쉰다. 혜순은 종순의 손을 잡고

"나 무슨 얘기든지 넉넉히 들을 수 있어. 얘기 하려다 그만둔다면 내게 더 해로울 것 같아. 말해 보아 종순아."

하면서도 혜순의 마음은 적이 불안해 왔다.

"저어 — 언니 유영철 씨 방에서 책을 읽으니까 처음에는 밤을 새울 것 같더니 차츰 시간이 지나가고 시계가 열한 시를 치는 소리를 들으니까 자꾸만 졸음이 오겠지? 그래서 유영철 씨가 펴논 이불 속으로 들어가 누워 버렸지."

"그래서."

"그래 나는 아랫목에 눕고 영철 씬 윗목에 누웠는데……."

"그래서?"

"언니 아이 참 우서 죽겠어. 난 말하기 싫어 부끄러."

하고 종순은 손바닥으로 얼굴을 싸고 돌아 앉는다. 혜순은 가슴에서 방망이질 같은 고동을 느끼면서 되도록 순한 목소리로

"얘 괜찮다. 종순아 난 네 언니가 아니냐? 언니께 숨길 것이 있니? 네가 설사 무슨 잘못을 저질렀다 해도 언니와 의논해서 좋은 방법을 연구해야 되지 않겠니?"

하고 혜순은 종순의 손을 꼭 쥐었다.

"언니 첨에는 괜찮았어. 불을 끄고 누웠어도 잘 것 같았어……. 그랬는데…… 아이…… 싫어 말하는 거."

하고 종순은 또 손으로 얼굴을 가리고 돌아 앉는다. 돌아 앉은 채

"언니 참 언니 수술할 때 많이 아팠죠? 나 그런 인사도 못하고 난 아마 바본가봐."

하고 쓸쓸히 웃는다.

"그럴 리가 있나? 우리 종순이가 얼마나 똑똑하고 영악하다구. 친언니에게는 병문안 같은 건 안해도 괜찮은 거야. 어서 하던 얘기나 마저 듣자."

"언니 그게 마귀였나봐."

"아니 영철 씨가 널 어떻게 하든?"

혜순의 얼굴은 보기 싫게 찌푸려졌다.

"아―니 그 사람은 좋은 사람이야 단지 좀 겁쟁이지만 아주 친절하고 선량해요."

"그런데 마귀라는 것은?"

"마귀는 내가 마귀야요. 아니 마귀가 내 맘에 들어왔단 말예요."

"그래서?"

혜순은 여전히 얼굴을 찌푸린 채로 초조하게 묻는 것이다.

"첨에는 곧 잠이 올 것만 같더니 옆에 유영철 씨가 누워있어 그랬는지 당최 잠이 와야지? 그리고 말야 아이 웃어 죽겠네…… 영철 씨를 놀려주고 싶은 생각이 슬그머니 나겠지?"

하고 종순은 뱅글뱅글 웃는다.

"그래서? 어쨌니?"

"몸부림 하는 척하고 슬쩍 한 다리를 영철 씨 다리 위에 올려 놔 봤지."

"그래서."

혜순은 푹― 하고 한숨을 쉬고 천장을 바라보며

"얘 속시원하게 한꺼번에 얘길 해라 속 갑갑해 죽겠다."

"그랬더니 영철 씨는 슬쩍 다리를 빼면서 저쪽으로 돌아눕겠지?"

"……."

"난 어찌 부끄럽던지 가만히 누워 있었지. 잠을 자는 척하고 숨만 색색

— 쉬고 신학생은 다르구나 하고 감탄하는 생각도 나구."

종순은 목소리를 탁 낮추어가지고

"그리고 있는데 유영철 씨가 기지개를 켜면서 한 팔을 뻗어 내 머리 위에 손을 올려놓지 않겠어요? 그래서 내가 대뜸 그의 팔 위에 살짝 들어 누워 보았지. 그때 그때 마귀가 들어왔던 모양이지? 지금 생각해보면 내 정신 가지고는 그렇게는 못했을 것 같애."

"그랬더니?"

혜순의 두 눈은 타오를 듯이 반짝거리며 종순을 노려보고 있다.

"그랬더니 유영철 씨는 돌아눕지도 않고 팔을 빼지도 않고…… 다른 한 팔을 내 어깨 위에 올려놓고 꼭 껴안아 주지 않겠어?"

"어머나."

혜순은 가늘게 소리를 치고 지그시 눈을 감는다. 질투 같은 감정이 바늘처럼 혜순의 심장을 훑고 가는 것을 느끼면서

"그래 어떻겠지?"

"새벽까지 그렇게고만 있었지 뭐."

"잠이 오드냐?"

종순은 고개를 살랑 살랑 흔들고

"잠이 오지 않았어 새벽까지…… 언니 나 죄 지었지? 큰 죄."

하고 한숨을 푹— 쉬는 종순은 절망하는 눈초리로 혜순을 바라본다.

"응 너 죄 지었다."

혜순은 한 마디 하고 입을 다물었다.

그리고 빤히 천장을 쳐다보고 누웠다.

"나 너무 괴로워서 어머니에게도 얘기 했어. 유영철 씨 가슴에 안겨 잤

다고 그랬어."

"아니 어머니에게."

혜순은 겁을 집어먹은 목소리다.

"어머니에게 얘기해서 나 벌 받아야 하겠길래."

"그래 어머니가 뭐라 하시던?"

"대강이 두어 번 쥐어박고는 눈만 부라리시고…… 그뿐야."

"너 유영철 씨가 널 키스하려고 덤비지 않았어?"

"아―니 그런 일은 없었어."

"……."

혜순은 눈을 깜박 깜박 천장을 쳐다보고 누웠다.

"언니 나 말야 지나간 밤이란 거 내 일생 중에서 쏙 뽑아 버릴 수는 없을까? 아주 꺼림직하고 추한 생각이 들어 죽겠어……."

"……."

한참을 잠자코 누워있던 혜순은 바싹 마른 입술을 혀끝으로 두어 번 빨고 "네가 잘못한 줄 안다면 됐다. 다시는 그런 불장난 같은 일은 저지르지 않으면 되는 거야……. 그리고 유영철 씨는 좋은 신학생이다. 존경할 만하다. 만약에 다른 사나이 같으면 어떤 일이 생겼을지…… 종순아 유영철 씨에게 감사한 마음을 가져라 응?"

"그래도 뭐 그이가 날 껴안았는데."

"그러니 말이야 너 같은 소녀를 안고도 종래 그 이상 별일이 없었다면 그 사람은 존경을 받을 수 있는 사람이야. 어떻게 생각해 보면 자기 팔로 달려든 너를 밀쳐낸다는 것은 너를 부끄럽게 만드는 것이니깐 어린 아이처럼 너를 조용히 재워 준 것이 아닐까? 어느 의미로 보든지 그는 참된 신학생이다."

종순은 금시로 기운이 나서

"그인 어머니 보따리도 찾아다 주었어. 지게꾼이 지고 다른 데로 돌아다니는 것을 데리고 왔겠지……."

여기까지 말을 하는데 똑 똑 노크소리가 들린다. 종순이가 일어서 문을 열었다. 강상준이가 계란이며 능금이며 과자며 한아름 안고 들어왔다.

"미안해요."

하고 혜순이가 괴롭게 웃으니까

"왜 감사하다고 하지 않고 미안하다고 하십니까?"

하고 상준은 웃으며 능금을 들어 껍질을 벗긴다.

"감사해요……. 종순아 먹어라. 과자랑 능금이랑."

혜순은 종순을 권해서 기어이 능금을 깎게 하였다.

어머니가 돌아오셨다. 냄비며 주전자며 모두 풀어서 테이블 위에 올려놓고

"목사님 부인에게서 빌렸다."

김 집사는 약간 정색을 하고

"문병 온 사람을 그렇게 몰아내는 법 어디 있니? 혜순이 너 수술은 했지만 시시비비쯤 분간할 정신은 여전히 남았겠지?"

김 집사의 목소리는 차츰 엄숙하여 간다.

"사람은 은혜를 갚는다는 것은 거짓말이다. 은혜는 못 갚을 수도 있다. 그러나 체면까지야 짓밟아 줄 까닭은 없지 않느냐 말이다."

김 집사는 방근 전찻길에서 유영철을 만났던 것이다.

"우리 아이 경과 좀 어떱디까!"

하고 물었을 때 영철은 빨게진 얼굴로

"환자가 타인이 있는 게 좋지 못하다고 해서 미처 물어보지 못하고 나왔습니다."

김 집사는 미안하다느니보다 어떤 분노가 왈칵 치밀어 올랐던 것이다. 유영철이가 베풀어 준 모든 수고는 제쳐 놓고라도 병문안을 왔다는 단순한 사실 한 개만으로도 혜순은 정중히 인사를 닦아야 할 일이 아닌가?

그것도 사십 도를 오르내리는 고열이라면 또 모르거니와 수술을 해서 아픈 것도 없어졌고 말갛게 정신도 돌아왔고 그래 가지고 병문안 온 손님을 쫓아낸다는 것은 자기 딸아이의 교양 문제 내지 인격 문제가 되는 것도 생각지 않을 수 없는 김 집사였다.

어머니의 음성이 차츰 준엄하여지고 눈빛도 번들번들 거칠어지는 대로 혜순은 숨소리도 그친 듯 가만히 누워 있다.

으르렁거리는 늑대 앞에 떨고 있는 어린 양 같이 보여 상준은 견딜 수 없었다.

"집사님 그만해 두십시오. 영철 군을 돌려보낸 것은 저 올시다. 제가 혜순 씨 피로해질까 겁이 나서 한 걸음 먼저 돌아가라고 영철 군에게 말했던 것입니다."

"아니 강 선생이 어째서 혜순을 위해 찾아 온 손님을 돌려보낼 권리가 있단 말요……. 젊은 사람이 지나치게 서두는 것은 재미적다고 생각하는데……."

강상준의 얼굴이 화끈 붉어졌다.

"어머니 괜히 신경질을 내시네."

종순이가 말참견을 시작하는 것이다.

"언니가 싫다는 이를 내보낸 게 뭣이 잘못됐단 말에요? 본래부터 병실엔 오분 이상은 예절이 아니래요."

하고 종순이가 서늘한 얼굴로 유리창을 바라본다.

"넌 종아리 맞을 매나 단단히 준비를 해. 매 맞을 짓을 한 걸 너도 알지? 세상없어도 그대론 안 둔다. 사람 못 될 것은 죽어버리는 게 낫다. 저도 망하고 남도 망하게 하고 성경에 뭐랬지? 돌매를 메고 바다에 빠지라 했어."

김 집사의 음성에는 독이 품어져 있다. 종순이는 등골이 서늘해졌다. 혜순이도 가슴이 덜컥 내려앉았다. 어머니의 평소의 성격을 잘 알고 있는 그들은 종순이가 지난 밤 저지른 과오에 대해서 결단코 그냥 두지 않을 어머니란 것을 짐작하는 것이다.

종순은 한참동안 등골이며 허리며 부르르 떨렸으나 그것은 생리적으로 오는 공포였다. 전율이 지나간 그다음 순간 종순은 오히려 태연할 수 있었다. 벌을 받으면 차라리 시원할 것 같기 때문에.

종아리에서 피가 나오도록 매를 맞아서 지난 밤 저지른 과오가 씻어진다면 피가 아니라 살이 떨어져 나간대도 종순은 괜찮을 것만 같다.

유영철의 집에서 나와서 밝은 해가 돋아 있는 거리로 걸어가면서 종순의 마음은 구더기를 삼킨 듯 꺼림직하고 메슥메슥 하는 기분을 처분하지는 못하였던 것이다.

종순의 마음은 그러하였다. 그러한 종순의 얼굴빛은 싸늘해졌으나 혼란하지는 않다.

딸 종순을 나무라는 김 집사의 말이 강상준은 자기에게 대한 측면공격 같이 들리기도 해서 상준은 얼굴이 빨개진 채 눈빛이 심각하여졌다.

"제가 무슨 권리가 있어서 그런 것은 아닙니다. 저 혜순 씨가 영철 군을 돌려보내 달라고 부탁 하길래 제가 대신 말을 한 겁니다."

"……."

김 집사는 점잖게 상준을 건너다 보았다. 보면서

'속 비좁은 사나이!'

하고 마음으로 업수히 여겼다. 어른이 좀 나무랜다면 입을 꾹 닫고 있어도
좋을 텐데 발칵 뒤집어 자신의 변명을 하는 것은 소갈머리 없는 천박한 사
나이로 보인 때문이다.

그래서 김 집사는 또 벌컥 울화가 치밀었으나

'남의 자식을 가지고 따질 것도 없지 뭐.'

하는 생각으로 점잖고 냄비에 미음을 새로 안치기로 한다. 혜순은 죽은 듯
이 누워 한 팔로 이마를 덮었으나 그의 관자노리에는 눈물이 주르르 흘러
내리고 있었다.

상준은 손수건을 꺼내어 혜순의 손에 쥐어주고 밖으로 나왔다. 휘파람
을 날려 보았다. 조금도 상쾌하지가 않다.

집에 가면 아버지는 애경이를 내세우는가 하면 혜순이 어머니의 서두
는 모양은 또 가슴이 막힐 지경이 아닌가. 강상준은 기다리고 바라던 미국
행 스칼라십이 나온 것이 도리어 원망스럽게 생각되었다.

그 스칼라십을 받는 것과 함께 애경 양과의 약혼도 승인하여야 되기 때
문이다. 상준은 주먹으로 허공을 탁 갈기면서 한 발로 대지를 굴렀다.

'어떤 일이 있어도…… 나는 한다…… 한다고 나는 결심했다.'

상준은 종일 거리를 쏘다녔다. 다방에도 들려보고 영화관도 들여다보고
지루한 방학 동안의 하루를 이렇게 보내고 상준은 저녁 때 병원으로 왔다.

혜순이 어머니는 밖에서 풍로에 숯불을 일으키느라고 부채질을 하고

종순이는 심부름을 갔는지 방에는 혜순이 혼자뿐이다.

상준은 침대로 다가서자 한 손으로 혜순의 손을 쥐었다.

"기다렸어요. 어딜 가셨댔어요?"

하고 방긋이 웃는 혜순의 눈에는 하얀 이슬이 맺힌다.

"김 집사님 나 싫어해도 혜순 씨 만나려고 또 왔어요."

하고 상준은 혜순의 손을 갖다 입술에 대며

"퇴원하시거든 우리 곧 약혼을 발표 합시다."

하고 혜순의 얼굴 가까이 소곤거렸다.

"네?"

겁을 집어 먹은 것 같기도 하고 놀라는 것 같기도 한 혜순의 목소리다. 그러나 혜순의 눈은 별빛보다 더 빛이 났다.

그의 오목한 입에서 방그레 웃음이 피어났다. 꽃 봉우리가 열리듯 향기로운 미소였다. 상준은 그 꽃 봉우리 같은 혜순의 입술에 숯불처럼 달아오른 자기의 입술을 댔다.

"나 미국 가는 것 그만 두기로 합니다. 혜순 씨와 결혼해서 평범하게 살겠어요."

혜순의 손이 상준의 손을 꼭 쥐었다. 수술한 환자로서 힘이 없는 탓인지 상준의 손을 쥐는 혜순의 손은 바르르 떨고 있다.

상준은 혜순의 이마며 뺨이며 몇 번이고 입술을 대고 나서

"아버지가 승낙하시도록 최선을 다할 테니 조금도 염려마세요."

하고 혜순에게 나직이 소곤거렸다.

"아버지가 승낙을 하신대도 이쪽에서는 어머니가 절대 반대라는 걸 알아야 해요."

쨍 하고 울리는 소리가 들려왔다. 언제 들어 왔는지 김 집사가 이글거리는 풍로를 들고 방 한가운데 섰다. 풍로에 불꽃처럼 김 집사의 눈빛도 이글거리는 것이었다.

'아니 장로의 아들쯤 되면 그만한 행세는 알 텐데…… 여기가 어디라구 연애를…….'

김 집사는 방금 이런 호령이 목구멍으로 넘어오는 것을 입술을 깨물어 간신히 달아놓고 쾅 하고 소리가 나도록 풍로를 내려 놓았다.

김 집사의 두 눈은 절치부심한 듯 혜순이며 상준이를 바라볼 동안 혜순이가 먼저 입을 열었다.

"어머니 어머니께 먼저 허락받지 않은 것이 잘못된 것뿐이에요."

"……."

"저희들 약혼 하도록 김 집사님 허락해 주십시오. 저희들은 서로 사랑하고 있습니다. 뿐만 아니라 서로 믿고 있습니다."

"……."

김 집사의 입술이 두어 번 실룩실룩 경련을 일으킬 뿐 그는 한참동안 아무런 말도 하지 않았다.

6회

김 집사는 가슴 속에서 활활 타오르는 듯한 분노를 느끼었다. 격렬한 분노 때문에 그의 입은 실룩실룩 하는가 하면 뺨까지도 한동안 실룩거렸다.

세상에 나서 이처럼 억울한 변은 처음 당하는 듯 그는 말문까지 막혔다. 분대로 한다면 당장에 무슨 거조[10]라도 내어야 하겠으나 바로 이틀 전에 수술 받은 딸에게 차마 독한 말도 할 수 없어 입을 다물기로 하는 것이나 사실 말을 하려고 한댔자 혓바닥이 돌아갈 것 같지도 않았다.

김 집사는 와들와들 떨리는 손으로 풍로 위에 냄비를 얹어놓고 쌀과 물을 붓고 죽을 끓이기 시작하면서도 얼굴빛은 죽은 사람처럼 퍼렇게 질려 있다.

"질투야 질투하시는거야."

하고 상준이가 혜순에게 소곤거리는 것을 혜순이가 눈짓을 해서 제지하고

"어머니 너무 흥분하지 마세요. 제가 잘못한 것은 단지 어머니에게 먼저 승낙을 받지 않은 것뿐이에요."

혜순은 바짝 마른 입술로 애원하듯이 이렇게 말하고 어머니를 바라보는 것이다.

---

10 어떤 일을 꾸미거나 처리하기 위한 조치

"……."

어머니는 죽이 끓어올라 냄비가 들썩거리는 것을 보고 주걱을 넣어 슬
―슬― 저을 때까지 한 마디도 말을 하지 않았다.

방안의 공기가 너무 우울한 데 견딜 수 없어 상준은 밖으로 나가버렸다.

죽이 다 됐다. 김 집사는 공기에 떠서 혜순의 옆에 갖다 놓고서도 일언
반사 말이 없다.

혜순이도 말뚱말뚱 천장만 쳐다보고 누워 있고 한참동안 천장을 노려
보던 혜순이가 무심코 어머니 쪽으로 고개를 돌리는 순간 혜순은 깜짝 놀
라 눈을 커다랗게 떴다가 다시 그대로 눈을 사르르 감아 버렸다.

다소곳이 숙이고 있는 어머니의 눈에서 굵다란 눈물이 좌르르 쏟아져
나오는 것을 본 때문이다. 혜순의 눈에서도 핑그르르 눈물이 돌았다.

"아버지 하나님 이 죄인을 불쌍히 여기소서."

김 집사가 기도를 시작한다. 그는 떨리는 목소리로

"이 죄인은 제게 주신 자식을 옳게 간수하지 못하는 죄인이올시다. 혜
순을 붙들어 주옵소서."

김 집사는 목소리를 훨씬 낮추어

"혜순이는 제 정욕대로 제 욕심대로 한 청년을 사랑하고 있습니다. 주
여! 혜순이가 마음으로 간음하는 죄를 범하였거든 사하여 주시고 혜순을
유혹하려는 상준이에게 바른 마음을 주시옵소서. 시험하려는 마귀가 우
는 사자와 같이 두루 다니며 삼키려고 합니다. 주여 구원하여 주옵소서.
예수님의 이름으로 비옵나이다. 아멘."

혜순의 수술한 것이나 수술 경과를 부탁하는 기도는 잊어버린 모양이
다. 혜순은 입을 다문 채 아멘을 하지 않았다.

어머니가 숟가락으로 죽을 떠가지고 혜순의 턱 가까이 왔으나 혜순은 입을 열지 않았다.

"받아 먹어라. 에미가 죽도록 수고한 걸……."

"어머니 저 마음으로 간음한 일 없어요."

하고 혜순은 벽을 향하여 고개를 착 돌이키며

"남을 헤아리는 헤아림으로 자기도 헤아림을 받는다는 성경 구절을 생각해 보세요. 어머니가 저를 그렇게 흉측한 년으로 규정하시는 건 마태 7장 1절을 범하신다는 사실을 아셔야 해요."

전에 없이 혜순의 음성에는 날이 서있다. 김 집사는 여전히 나직한 목소리로

"그럼 너 상준이에게 무슨 생각을 가지고 친하고 있는가. 그렇게 남의 눈에 띄도록 호감을 가지느냐 설명해 보아라."

김 집사는 약간 흥분한 소리로

"그게 네 오빠냐 네 동생이냐?…… 순전히 장래 남편으로 네가 사랑하고 있는 것 아니냐? 남편이 될 사나이에게 아내 될 계집이 느끼는 생각, 그것이 음욕을 가진 생각이 아니고 무엇이겠느냐 말이다."

"……."

혜순은 한참을 점잖고 있다가

"어머니가 말씀하는 음욕이란 건 성욕을 말하는 것인데요. 저 아직 성욕이 뭔지 모르겠어요. 제가 상준이를 사랑하는 것, 그런 추악한 생각으로 하는 거 아녜요. 저는 상준이가 그저 반갑고 그 사람이면 무슨 얘기를 해도 알아들을 것 같고 또 오래 못 보면 보고 싶고…… 그런 것뿐이에요. 그 외에는 다른 것은 없어요."

김 집사는 지긋지긋 하다는 듯이

"너 그 사람과 늘 같이 있고 싶댔지? 건 왜 그렇단 말이냐?"

"네 될 수 있으면 늘 같이 있고 싶어요. 그이와 같이 있으면 첫째 머리가 아프지 않아요. 그리고 그이가 얘기하는 것은 무엇이든지 다 마음에 즐겁게만 들려요."

혜순은 고개를 이쪽으로 돌리고 어머니의 얼굴빛을 살핀다. 김 집사는 턱무한[11] 듯이

"왜 하필 그 사람만이 그런 거냐?"

하고 입을 삐쭉한다.

"그건요 하나님이 제게 그 사람만을 사랑할 마음을 주셨기 때문에 그런 거에요."

김 집사는 얼른 손바닥으로 혜순의 입을 가리고 정중한 목소리로

"너 하나님의 이름을 망령되게 부르려 드는 구나. 하나님이 그래 계집애가 남의 집 사내 사랑하라고 어느 성경에 써 있더냐? 너 언제부터 그렇게 간이 굵어졌니?"

혜순은 어머니를 찬찬히 쳐다보며

"창세기를 읽어 보십시오. 하나님이 아담을 지으시고 왜 또 이브를 지으셨어요? 그 두 사람을 서로 사랑하라고 지으신 걸 어머니는 모르세요?"

"하— 이거 큰일났다."

김 집사는 교의에서 벌떡 일어섰다가 다시 앉으며

"성경을 네 맘대로 해석하려 드는 것을 보니 이거 정말 큰일 났다."

---

11 '어이없다. 황당하다'의 방언.

김 집사는 구각[12] 사이로 허연 거품을 손바닥으로 씻으며

"처음에 아담을 만드시고 저를 도와주는 짝을 만든다고 이브를 지으신 거다. 에덴 동산에서 쫓겨난 후에 잘 들어보아. 그들이 범죄한 후에 결혼을 한 거다. 쫓겨나서 카인을 낳고 아벨을 낳고 즉 남녀 간의 정욕은 범죄 이후에 되어 진 사실인 것을 알아야 한다…… 너도 탈이다. 그걸 모른다면 불쌍한 영혼이다."

김 집사는 후— 한숨을 쉬고

"죽 안 먹어도 좋다. 시장하거든 먹어라."

하고 냄비 뚜껑을 덮어 풍로 곁에 내려놓는다.

"어머니 이리로 좀 오세요. 저 할 말 더 있어요."

어머니가 가까이 오는 것을 보고 혜순은

"예수님께서 갈릴리 가나 혼인집에 왜 가셨든가요? 가서 포도주는 또 무엇 때문에 만들어 주셨을까요? 축복해도 좋은 사실로 보셨기 때문이 아니겠어요? 사도 바울도 분명히 그랬어요. 혼인을 거룩하게 생각하고 침소를 더럽다 하지 말라고…… 첫째 어머니는 어째서 아버지에게 시집을 오셨어요?"

혜순은 입을 다물어 버리고 숨이 찬 듯 콧구멍을 벌름거린다.

"그건 우리 부모가 보내 주셨다. 너희들처럼 부모 허락도 없이 쑥덕거리고…… 그 무슨 꼴이야? 연애나 하는 개뿔 같은 흉내는 내지 않았어."

혜순은 대답을 하려면 얼마든지 할 말이 있지마는 수술한 자리가 무리 —하게 결려오는 것이 무서워져서 입을 닫아 버렸다.

---

12 입의 양쪽 구석

이튿날 아침나절 상준이가 과일을 사가지고 들어왔다. 김 집사에게도 권하고 종순이에게도 집어 주었으나 김 집사는 거들떠보지도 않는다.

"나 한 쪽 깎아 주세요."

혜순이가 상준이 앞으로 손을 내밀었다. 상준이가 혜순이 침대 곁에 걸쳐 앉아 능금을 깎고 있는데 노크하는 소리가 나면서 유 목사가 문으로 들어 온다.

뒤따라 유 목사 부인이 처량한 얼굴로 들어서며

"혜순이 그새 얼마나 고생했어?"

하고 혜순의 침대 곁으로 온다. 능금을 깎던 상준이가 유 목사 내외분에게 반갑게 인사를 하고 능금을 깎아 접시에 담았다.

묵도를 올리고 난 유 목사는 혜순의 곁으로 와서

"그래 무어 입맛을 댕겨 잘 먹어야 할 텐데."

하고 김 집사를 돌아보고 목사 부인은

"내가 방금 시장에서 광어를 한 마리 회를 쳐가지고 왔는데 좀 먹어보지."

아무 것도 가져오지 아니한 목사 부인을 종순이가 빼꼼이 쳐다보고 있는데 사르르 문이 열리면서 영철이가 들어선다.

회를 치는 것을 기다려 받아들고 달음질을 쳐 온 모양으로 헐떡헐떡 숨을 쉬며 신문지로 싼 것을 유 목사 부인 앞으로 내민다.

하얀 대팻밥에 싸인 싱싱한 광어를 회친 것이 소고기 한 근쯤은 된다.

"이런 것을 다 걱정을 시켜드리고…… 목사님 부인 너무 감사합니다."

하고 인사하는 김 집사의 말은 오늘 달리 힘이 없다.

"인제 맘을 놓으시게 됐으니 집사님 얼마나 기쁘십니까."

유 목사 부인이 인사를 닦고 유 목사가 혜순을 위하여 기도를 하고 그리고 그들은 돌아갔다.

그럭저럭 혜순의 퇴원한 날이 가까워 왔으나 나갈 방이 마련되지 못해서 김 집사의 마음은 또 무거워 오는 것이다.

초장동 어느 신자의 건넌방이 비어 있다고 해서 김 집사는 아침을 먹고 일찍 전차를 탔다. 가르쳐 주는 사람의 말대로 충무로 광장 앞에서 버스를 내렸으나 이 고장 지리에 서투른 김 집사는 열두 시까지 헤매어도 목적한 집을 찾지는 못하였다.

열두 시가 되어 병원으로 돌아오려고 하는데 마침 집 임자인 교인이 시장으로 가는 것과 마주쳤다.

한간이 될락 말락 한 자그마한 온돌방이다. 온돌이 놓인 것이 김 집사에게는 무엇보다 반가운 일이었다. 그러나 선세 삼만 원에 달마다 삼천 원씩 간다는 것은 김 집사에게는 과대한 부담이 아닐 수 없다.

김 집사는 아무것도 타지 않고 국제시장까지 걸어 왔다. 아는 사람에게 돈을 좀 꾸어 보려고 두어 군데 말을 해보았으나 모두 헛소리로만 돌아갔다.

김 집사는 그길로 유 목사 댁으로 갔다. 아무런 계획도 없으면서 혹시 유영철 군이 헐하게 세놓은 방을 하나 물색해 줄까 하는 어렴풋한 소망으로.

김 집사의 소망은 헛되지 않았다.

"그러지 않아도 퇴원하시면 방이 필요하실 것 같아서 한 군데 보아둔 곳이 있습니다."

하고 선선히 일어서는 영철을 향하여 한 마디의 인사말도 나오지가 않는다.

슬프디 슬픈 눈으로 영철의 뒷모습을 바라보며 김 집사는 용두산 비탈로 걸어갔다.

"이 근처 한 군데 꼭 알맞은 집이 있습니다만."

하고 김 집사를 돌아보며 영철은

"역시 하꼬방 집이에요. 괜찮습니까?"

"괜찮고 말고 여부가 있소? 하꼬방이면 선세도 적을 꺼고 내게는 외려 그게 낫지… 선세는 얼마지?"

김 집사는 선세가 제일 무서운 것이다.

"선세는 안내도 괜찮을 수 있어요."

하고 영철은 빙그레 웃는다.

"그럴 리가 있을라구."

김 집사는 영철의 말이 믿어지지 않는 모양이다. 용두산 비탈길을 올라서자 노란 하꼬방들이 여기저기 버섯처럼 돋아 있는 것이 눈에 띄었다.

"여기 웬 세 놀 집이 있을라구?"

"있길래 제가 뫼시고 오는 게 아닙니까."

언덕을 올라서니 김 집사의 집이 있던 자리에 참따랗게 하꼬방이 한 개 서 있다. 불타기 전 자기 집 모습 그대로다.

"어쩌면 여기다 누가 집을 지었네. 남의 터에다."

하고 김 집사는 눈살을 찌푸렸다.

"네 터 내 터가 있습니까? 누구든지 먼저 지으면 그게 임자랍니다. 우선 이 집으로 좀 들어가 보십시다."

하고 영철은 포켓을 더듬어 열쇠를 끄집어내어 잠겨 있는 판자문을 밀고 안으로 들어갔다.

"집사님 들어오십시요."

김 집사는 자기 집 모습 그대로인 판자문 안으로 들어섰다. 토방에는 아궁이가 있는 것이 온돌을 놓은 모양이다.

방에는 시멘트 포대 종이로 참따랗게 장판까지 놓여 있다. 김 집사는 손으로 방바닥을 만져 보며

"윗목도 이렇게 따뜻한 걸 보면 온돌이 잘 놓아진 모양이야."

혼잣말 같이 하고 한숨을 푹 쉰다.

"집사님 이 집 맘에 드시면 이리로 이사를 오시지요."

"대관절 주인이 누군데? 그리고 선세랑……."

천장이며 벽은 서양 신문지로 발라 가지각색의 광고 그림이 심심치 않게 바라볼 수 있다. 동쪽으로 들창도 한 개 있어 뽀얗게 햇빛도 들어온다.

"집사님 이게 다른 사람의 집이 아니라 바로 집사님의 댁이 올시다. 그러니까 선세니 월세니 전연 관계없습니다."

하고 영철은 이마를 쓸며 빙그레 웃는다.

"아아―니 이 이게 무슨 말이오? 대관절 어떻게 된 일이오?"

김 집사는 핑그르르 눈물이 도는 눈으로 영철을 쳐다보는 것이다.

"집사님 사정이 하도 딱하길래 안면이 있는 미군을 찾아가서 말을 하고 재목을 좀 얻어 왔지요. 목수가 꼭 하루 일을 하고 나머지는 뜻 맞는 동무들이 했어요. 신자 중에 구둘[13]을 잘 놓는 노인이 자진해서 구둘을 놓아 주더구먼요."

"아니 이런 일도 있을까."

김 집사는 너무도 흔감하고[14] 감사해서 연신 옷고름으로 눈물을 씻으며

"이 은혜를 어떻게 하면 좋소?"

하고 묻는다.

---

13 '구들장, 방'의 황해도 사투리
14 기쁘게 여기어 감동하다.

"하느님의 은혜지요. 지가 무슨 인사 받을 일을 한 것은 없습니다."

영철의 눈에도 번들번들 눈물이 지나간다. 영철의 머리 위에는 참따랗게 잔반까지 한 개 달려 있다.

"유 선생 당신의 후손에까지 하느님의 축복이 내리실 것은 나는 믿어요."

영철은 나직한 소리로

"집사님과 집사님 가족에게도 축복이 내리실 줄 믿습니다."

김 집사는 감격에 쌓여 병원으로 돌아갔다. 김 집사가 떠난 후 영철은 근처로 돌아다니며 타나 남은 나무토막들을 주워 군불을 지피고 밖으로 나왔다. 자그마한 굴뚝으로 검은 연기가 풍성하게 나가는 것을 바라보고 섰는 유영철은 힘없이 발길을 돌이켰다.

'나는 가증한 놈이다. 수백수천의 화재민이 있는데 하필 김 집사의 집만을 지어 주다니…… 김 집사를 생각했느냐?'

영철은 고개를 혼들고

'김 집사와 딸 혜순을 위해서…… 그의 환심을 얻기 위해서 한 일이 아니냐!'

영철은 자기 맘속에서 나오는 고민의 소리를 듣지 않으려는 듯이 그는 달음질로 언덕길을 뛰어 내려갔다.

김 집사가 병원으로 오니 혜순이가 침대에 일어나 앉아 있고 상준이가 그 곁에 걸터 앉아 무슨 과자인지 혜순의 입에 넣어주고 있다.

종순이도 밖으로 나갔는지 보이지 않고. 집이 생긴 때문에 마음이 푸근해진 김 집사는 별로 성도 내지 않고

"퇴원하게 됐다. 기적이 무엇인고 했더니 나는 오늘 기적을 보았다."

하고 김 집사가 흐뭇한 표정으로 이런 말을 할 때다.

"김 집사님 계십니까."

하는 소리가 문밖에서 들린다. 뜻밖에도 상준의 아버지 강 장로가 찾아왔다.

"아니 장로님 웬일이십니까?"

하고 김 집사는 강 장로에게 교의를 권했다. 강 장로는 혜순이 침대에서 일어서는 자기 아들을 곁눈으로 흘겨 보고

"이번에 집사님 여러 가지로 걱정이 많으셨겠습니다."

하고 교의에 앉아 생각난 듯이 묵도를 올린다. 고개를 드는 강 장로는 우울한 얼굴로

"집집마다 다 환란이 있으니까요……. 상준이 너 어머니가 지금 집에서 기다리신다 가보아라."

하고 턱을 끄덕 든다.

"무슨 급한 일 있어요?"

하고 상준은 시무룩해서 물어본다.

"가보면 알 일이야. 그리고 네가 여기서 나가야 내가 집사님께 드릴 말씀이 있어."

아버지의 만만치 않게 날이 선 시선에 부딪힌 상준은 점잖게 일어나 밖으로 나왔다.

강 장로는 푹 한숨을 쉬고

"다름이 아니야요 김 집사님……. 혜순이도 잘 들으라구 우리 상준이가 말입니다. 근간 약혼이 될 것 같아서 거기 대해서 잠깐 말씀 드릴 것이 있어서."

"네 그러세요?"

김 집사는 반가운 목소리로

"규수는 누구지요?"

하고 물었다.

"규수는 차차 알겠지마는 우리 상준이가 혜순이에게 너무 자주 놀러 다니는 소문이 나면 피차에 재미가 적으니까 좀 단속을 해주셔야겠어요."

"⋯⋯."

"그래서 김 집사님께서 우리 상준이를 좀 멀리 해주셨으면 좋겠어요. 결혼이란 것은 인연이 있어야 되는 것이지 억지로 접근을 한다고 되는 것은 아닌 것 같에요."

"⋯⋯."

"약간 섭섭하실 것도 압니다만 부득이한 일이 올시다. 혜순이도 마음을 단단히 먹고 상준이를 멀리 해주어야 해. 피차의 행복을 위해서 마음을 굳게 잡자는 말이니 내 말을 부디 고깝게는 듣지 말라구⋯⋯. 처녀는 총각과 달라 결혼할 청년이 아니면 교제를 안 하는 것이 유리하단 말야."

"장로님!"

그제야 김 집사가 입을 떼고 강 장로를 불렀다.

"장로님의 아들을 내가 어떻게 오라 가라 할 수 있어요? 사람의 집에 사람이 오는 것은 당연한 일이 아닙니까? 나는 오지 말란 말은 못하겠으니 장로님이 보내지 마십시오."

말을 마치는 김 집사는 조롱스럽게 웃고 고개를 돌려 버렸다.

"네 알겠습니다. 나중에라도 혹시 상준이가 오거든 즉석에서 쫓아 내어 주십시오."

김 집사는 벌떡 일어나 강 장로에게로 오더니

"장로님 그 교의 이리 내세요."

강 장로가 일어서 교의를 밀어 내놓았다.

"장로님 돌아가십시오. 여기는 장로님 같이 도저한 분이 일시도 있을 곳이 못 됩니다."

강 장로는 눈이 둥그레서

"건 또 무슨 말씀입니까?"

어이없는 듯이 물어본다.

"무슨 말이라니요? 그래 내 딸이 당신네 아들보다 못하단 말이지요? 천만의 말씀입니다. 못하다면요 내가 당신보다 돈이 없다는 것이 못한 점입니다. 부잣집 딸을 며느리로 데려 오려는 장로님이 우리 집에 출입한다는 소문이 나면 그 혼인은 깨어지고 마는 것이니 일시도 지체하지 말고 돌아가시라는 말입니다."

7회

김 집사의 성난 모습을 물끄러미 바라보는 강 장로는 눈썹을 찌푸리고

"집사님 거 무슨 말씀을 그렇게 하십니까?"

강 장로의 음성에도 짜증이 섞여 있다.

"뭐가 뭐랍니까 어서 돌아가십시오. 우리 같은 넝마장수 집에 오신 것이 탄로되면 장로님 자부 모셔 오는데 큰 방해됩니다."

"……."

부스스 일어서며

"너무 흥분하지 마십시오 김 집사님."

하고 모자를 집어 들고 문으로 나간다. 문을 나가는 강 장로의 뒤통수를 바라보고 김 집사는 커다란 소리로

"상준 군은 장로님의 아들이 아니에요? 그러니까 장로님이 지키고 계세요. 우리 집에 오는 사람을 나는 못 오란 말 못하겠어요."

"……."

강 장로는 뒤를 힐긋 돌아보고 거리로 나가 버렸다. 김 집사는 커다랗게 한숨을 쉬고

"저런 사람이 외식하는 바리새 교인일 거야…… 츳츳츳."

혀를 차고 김 집사는 일어나서 냄비며 주전자며 그릇들을 보에 싸고 혜

순에게 외투를 입히고 이부자리를 꿍쳤다.

　퇴원 준비를 하는 것이다. 밖에 나갔던 종순이가 우유며 계란을 사가지고 돌아왔다. 조금 전에 강상준의 심부름으로 나갔던 것이다. 택시에 올라 탄 혜순은 일주일 만에 보는 거리가 완전히 겨울 풍경으로 변한데 약간의 위험을 느끼었다.

　얼음과 먼지가 범벅이 된 채 구멍이 송송 뚫어진 길바닥으로 굴러가는 차속에서 혜순은 머플러로 얼굴을 쌌으나 으스스 몸이 떨려 왔다.

　자동차가 용두산 언덕길을 올라가는 대로 혜순의 입에서는 한숨이 흘러 나왔다. 어머니에게서 들은 이야기지만 자기 집이 노란 판자로 새로 지어져 있는 사실은 일종의 기적으로 생각이 되었다.

　집으로 들어가니 고맙게도 방바닥은 따뜻하게 불이 때어져 있다. 한 시간 전에 유영철이가 불을 지핀 때문이다. 오래간만에 참으로 오래간만에 혜순은 온돌방에 몸을 눕혀 보는 것이다.

　부산으로 피난 온지 삼 년 만에 처음으로 따뜻한 방에 몸을 대고 눕는 혜순은 영철의 친절이 온돌방의 촉감 이상으로 따뜻하게 느껴졌다.

　그러나 혜순은 영철에게 대한 감사한 마음을 어디까지나 감사에서만 그쳤다. 어둑어둑 해오는 것이 벌써 해가 지는 모양이다.

　병원에서 아버지는 김 집사와 무슨 얘기를 하셨는지 불쾌한 얼굴로 돌아오셨고 그 불쾌한 얼굴로 아들에게 국회의원 허대갑 씨 댁으로 초대받아 간다는 말을 하시고 아들도 뒤따라 올 것을 이르고 밖으로 나가셨다.

　지금쯤 혜순이가 또 울고 있지나 않나 생각하고 상준은 마음이 불안하여 지는데 저녁상이 들어왔다. 되도록 속히 병원으로 가야 할 것을 생각하고 바쁘게 밥을 떠 넣는다.

"강 선생님 계서요?"

마루 끝에서 들리는 젊은 여성의 음성은 분명코 허애경 양의 목소리다.

상준이보다 먼저 상준의 어머니가

"아이구 애경 씨 아니요? 들어와요. 우리 상준이 방에 있소."

하고 애경을 방으로 불러들이려 한다. 상준은 숟가락을 놓고 마루로 나오며

"나가십시다."

하고 애경을 데리고 대문 밖으로 나오며

"나 잠깐 다녀올 데가 있어서…… 용서하세요."

하고 상준은 돌아서려 하였다.

"울 아버지께서 상준 씨에게 하실 말씀이 있다고 꼭 같이 오라했어요."

하고 애경은 상준 앞으로 가서 정면으로 막아선다. 오늘 달리 더 작게 보이는 애경의 키다. 더 납작하게 내려앉은 애경의 코다.

상준은 괴롭게 웃으며

"한 걸음만 먼저 가세요. 내 곧 뒤따라 가지요."

하고 사양할 눈치를 보였다.

"잠깐만 들려 우리 아버지께 얼굴만 보이세요. 그래야만 내 심부름 한 책임을 다하는 거에요."

엷은 어둠 속에서 뱅긋이 웃는 애경은 초라하리 만큼 겸손한 모습이다. 다리가 삼 센티만 더 길었더라면 애경의 스타일은 훨씬 좋아졌으리라 생각하면서 강상준은

"그럼 가십시다."

하고 애경이와 함께 골목을 나왔다. 골목 밖에는 국회의원 전용차가 등대하고 있다. 운전수가 공손스럽게 열어놓는 차문으로 상준이가 먼저 오르

고 이어 애경이가 탔다.

"스칼라십 받으셨지요? 속히 수속을 해보내야 '어드미션'이 나올 텐데."
하고 애경은 나직이 소곤거린다.

"글쎄요. 난 아직 못 보았어요."

"우리 아버지께서 강 장로님께 전해 드렸다는 데요. 속히 시작하셔야죠."
하고 눈을 깜짝깜짝 한다. 유난히 긴 속눈썹이 위로 바짝 치켜 있다. 올해
스물한 살 난다는 애경은 키도 작고 얼굴도 작고 그래 그런지 애경은 인형
처럼 앳되게 보인다.

차가 YMCA 부근을 통과할 무렵 애경은 갑자기 호 하고 한숨을 쉬면서

"안혜순 양의 경과는 어떠세요?"
하고 웃는다.

"네? 혜순씨요? 많이 나았다는가 봐요."

상준은 어물쩍하게 대답하는 자신이 약간 비겁하게 생각되어 얼굴을
붉히었다.

"강 선생님께서는 요새 간호에 피로하시겠구먼요."
하고 애경은 살짝 눈을 내려뜬다. 애경의 속눈썹이 아래로 착 내려왔다.

"내가 간호를 해요? 하하하."

상준은 소리를 내어 웃는 것으로 부정하려 했다.

"뭘요 다 알고 있어요. 우리 교회에서는 평판이 높아요. 약혼 하실거라
고 두 분은."

"아─니 내가 혜순 씨와?"

"네."

애경은 고개를 까닥하고

"그래도 사람들이 그래요. 두 사람은 잘 어울린다고……. 단지 두 집 부모님들이 고집을 부리시지 않으면 될거라고요."

상준은 빙긋이 웃고

"누가 그런 소리를 한답니까?"

"모두들 그래요 주일학교 선생들이며 성가대원들이며……."

"미스 허의 의견은 어떠세요?"

하고 한 마디 물어 보았다.

"저요? 전 반대야요."

하고 애경은 호 한숨을 쉰다.

"왜 반대 하십니까?"

하고 상준은 빙긋이 웃었다.

"몰라요 나 혼자서는 미국 안갑니다. 본래부터 강 선생과 함께 미국 갈 플랜이었으니까."

애경은 강상준의 무릎으로 다가앉으며

"야심을 포기하시면 안 돼요. 애정이 뭐야요? 여인의 사랑…… 그런 것은 어디서라도 구할 수 있는 거야요."

애경은 눈을 흘기고 입을 다물었다.

"그것 참 좋은 말씀을 하셨습니다. 그래서 나도 미국가는 걸 주저하고 있답니다."

강상준은 빙긋이 웃었으나 애경은 뾰족한 소리로

"미국엔 뭐 여인 찾으러 가시려 했어요?"

강상준은 고개를 끄덕이고

"어느 의미 그렇기도 하지요."

상준의 하는 말을 어떻게 해석 했는지 애경은 입을 꼭 다물고 자기 집에 당도할 때까지 한 마디도 말을 하지 않았다. 상준이가 애경의 뒤를 따라 들어간 방에는 사람들이 가득히 모여 앉아 있다.

　모두 예배당 젊은이들이다.

　"근사하다."

하는 소리가 어디서 들렸으나 애경은 별로 웃지 않고 방으로 들어가는데 강상준은 사랑으로 들어가서 애경의 아버님께 인사를 하고 나왔다.

　"앉으십시오 미스터 강."

　애경은 상준을 자리에 앉히고

　"이분은 지금 병원에서 돌아오시는 때문에 상당히 피로하신 모양이야요."

　애경은 일동을 둘러보며

　"안혜순 양의 병위문이나 드립시다."

하고 상머리에 앉는다. 잠깐 동안 실내에는 싸늘한 침묵이 흘러갔다.

　"질투하는 거야 애경이가."

하고 주일 학교 선생 봉애가 옆에 앉은 성순이 귀에 소곤거린다.

　"얼굴은 혜순이가 낫지 않어?"

하는 성순이의 소리가 애경의 귀에 들어갔는지

　"얼굴뿐 아니야. 가정도 좋지 않어? 어머니는 입지전의 인물이시고."

　애경은 진담 같기도 하고 야유 같기도 한 이런 말을 하고

　"많이들 잡수세요. 얼마든지 있습니다. 국수 더 원하시는 분 그릇 이리 내세요."

하고 애경 자신은 아무 것도 먹지 않는다. 먹고 싶은 의욕이 사라진 모양이다. 뜨거운 국물을 부은 국수가 상준의 앞에 나왔다.

상준은 잠깐 눈을 내리감고 감사를 올린 뒤에 국수를 한 입 덥석 물고 젓가락으로 우겨 넣는다. 식후의 여흥이 시작되었다. 허애경의 소프라노가 뭇사람에 뛰어났다.

자그마한 몸에서 산곡을 울리는 큰 소리를 내는 봄날의 꾀꼬리를 연상시킨다. 그러나 애경의 노래는 물론 어떤 우스운 얘기라도 상준의 귀에는 유쾌하게 들리지 않았다.

그의 눈앞에는 파란 얼굴로 누워있는 혜순의 모습이 떠오를 뿐이다. 아홉 시 반이 되어 상준은 여러 사람과 함께 애경의 집을 나왔다.

집으로 돌아가니 아버지가 안방에서 부른다. 이 저녁 아버지의 표정은 초조하다 할까 불안하다 할까 아버지의 눈썹 사이에 전에 없이 굵다란 주름살이 꽂혀 있다.

"상준이 너 미국 갈 맘 있니? 없니? 똑똑히 말해 봐라."

"……."

점잖게 한 말도 대답이 없는 아들을 바라보는 강 장로의 눈시울에 씰룩씰룩 경련이 지나갔다.

"가기 싫단 말이냐? 미국으로."

"애경이와 같이 가는게 싫어서 그럽니다."

"애경이와? 어째서 그렇니? 앞으로 약혼할 처녀를 네가 싫다고 하면 어쩌잔 말이냐?"

강 장로는 목소리를 낮추어 가지고

"엊저녁에 국회의원 부자와 나와 셋이서 결정해 버렸다. 이달 그믐께로 출발하도록 해라. 여비는 저쪽에서 왔고 양복이며 기타 잡비 일체를 허 국회의원이 맡기로 했다. 그쯤 알아라."

"전 안혜순이와 약혼했습니다."

"······."

어이가 없는 듯이 그러나 분통이 터진 듯 씨근씨근 어깨로 숨을 쉬는 아버지를 똑바로 쳐다보고

"아버지의 승낙을 얻지 않아 죄송합니다."

하고 상준은 고개를 숙였다. 강 장로는 주먹을 쥐고

"나가거라······ 꼴보기 싫다. 썩 나가거라."

하고 치를 떤다.

상준은 제 방으로 왔다.

"나가서 빌어 먹어라. 어서 이 밤으로 나가라. 그 방은 왜 가니? 그게 네 방이냐? 난 오늘부터 널 안 본다."

하고 아버지의 목소리가 들리고

"통금 시간이 넘었는데 어델 가라고 그러세요?"

하고 말리는 어머니의 목소리를 들으며 상준은 방바닥에 우두커니 섰다. 안방 시계가 열 시를 치는 소리도 들린다.

날이 밝았다.

강 장로는 전에 없이 아침잠이 깊이 들어 있다. 밤새도록 분노에 떨다가 날이 샐 무렵에야 잠이 든 때문이다.

"이거 좀 읽어 보시라우. 상준이가 이런 걸 써놓고 나갔수다."

강 장로의 머리 맡에 아내의 당황한 목소리다. 강 장로는 가슴이 철렁해서 눈을 떴다. 아내가 내미는 봉투를 열고 보니

'아버지 이십사 년간 길러 주신 은혜를 감사합니다. 건강하시기 바라오며 어머니를 부디 아껴 주시옵소서. 떠나가는 상준 올림.'

눈앞에 있기만 하면 당장에 모가지를 비틀어 버릴 것 같은 분노를 느끼고 강 장로는 부들부들 떨리는 손으로 편지를 찢어 버렸다.

강 장로 부인은 눈물을 흘리며

"이 일을 어떡하면 좋아요? 혜순이랑 약혼하게 내버려 두지 않고⋯⋯ 제가 좋다면 되는 거디."

부인의 목소리는 울음으로 변한다.

"듣기 싫어. 그런 소리 하려거든 임자도 나가. 다 쫓아 낼 테니. 쫓아내고 나 혼자 살든지 말든지."

상준은 그날 종일 집으로 돌아오지는 않았다. 강 장로 내외 간은 초상난 집처럼 밤을 새웠다. 아침 일찌감치 강 장로는 유 목사를 찾아 갔다.

"계집애가 홀려 내서 그런 건지, 상준이 놈이 환장을 한 건지 당최 알 수가 없어요."

강 장로는 평소의 점잖도 잊어버린 듯 혼란한 어조다.

"장로님 애당초 장로님이 상준 군의 의견을 좀 들어주실 일이지 혜순이 같이 얌전한 처녀가 그리 혼합니까?"

강 장로는 한숨을 쉬고

"집안이 하도 가난해서."

강 장로는 입속으로 중얼거리고 고개를 숙인다. 유 목사는 엄숙한 얼굴로

"장로님 우리 사람은 다 그렇지만 돈이라든가 권세라든가⋯⋯ 너무 추종하는 것은 하나님을 무시하는 거야요. 우리는 가난해서 못 사는 거 아닙니다. 그 '나라'와 그 '의'를 구하면 이 모든 것을 더하시리라 한 성경 말씀대로 살지 못하기 때문에 못 사는 겁니다."

강 장로는 아픈 곳을 얻어맞은 듯 입을 다물고 앉았다.

"장로님 우리끼리 하는 말이지만 혜순이와 애경이가 비교가 됩니까?"

"하지만 그 오빠가 국회의원 아냐요?"

"허 장로님 그러지 마시라니까. 국회의원은 그 오빠고 애경이가 국회의원 아닌 것 아닙니까?"

강 장로는 이 이상 더 못 참겠다는 듯이

"목사님께서 저 경우를 당해 보십시오. 지금 이 말이 나오는가 안 나오는가……. 우리 양심대로 말합시다."

하고 강 장로는 목사관을 나가버렸다. 목사관을 나온 강 장로는 그 길로 김 집사를 찾으려다가 어제 오후 김 집사의 성난 얼굴을 생각하고 단념하고 자기 집으로 돌아왔다.

마루 아래 여자의 고무신이 한 켤레 놓였으나 보지 못하던 신발이다. 신발을 들여다보며 강 장로가 마루로 올라서는데 영창문이 왈칵 열리며

"장로님 어서 오십시오. 지금 기다리고 있습니다."

시퍼렇게 얼굴빛이 변한 김 집사가

"자 일이 이쯤 되니 책임을 지셔야지요? 이것 보시고 대답해 주세요."

하고 열려있는 봉투를 한 개 내민다. 강 장로는 쓴 벌레를 깨문 것처럼 눈살을 찌푸리고 종이를 꺼냈다.

'어머니 불효의 여식을 용서하소서. 어머니가 반대하시는 혼인이옵고 또 강 장로님도 반대하시는 혼인인줄 아오나 저이 두 사람은 하나님 앞에 사랑을 약속했습니다. 비록 힘이 없사오나 저이들끼리 새로운 인생을 출발하고저 하오니 너그러이 용납하여 주옵소서. 어머니께서 이해하시기를 기다리려고 하였사오나 상준 씨가 집에서 쫓겨난 때문에 갈 곳이 없는 그가 불쌍해서라도 저는 상준의 아내가 되어야 하겠습니다. 저이들은 예배

당에서 하나님의 축복하시는 식을 거행하기까지 순결을 지킬 것을 하나님 앞에 맹세합니다. 불효여식 혜순 올림.'

읽기를 다한 강 장로는 껌뻑껌뻑 눈을 땅바닥으로 떨어뜨리고 입이 붙은 듯 한 말도 없다.

"장로님 당신 아들이 내 딸을 유인해 갔으니 나는 이 길로 당신 아들을 걸어 고소하겠습니다."

김 집사는 거품이 돋아나는 구각을 꾹 다물고 강 장로 손에서 편지를 왈칵 **빼앗아** 한참 들여다보더니

"이것 보세요. 어머니의 이해하실 때까지 기다리고 싶었으나 상준이가 불쌍해서 나간다고 그러지 않았어요? 집을……."

김 집사는 소매를 걷으며 강 장로 턱 아래로 손가락을 내밀고

"내 딸은 가난하고 보잘 것 없는 집안에서 자랐습니다. 그래도 곱게 자랐어요. 왜 돈 많고 세력 좋은 당신네 아들이 아 글쎄 소리개 병아리 채듯 내 딸을 채갔느냐 말이요. 찾아내세요. 찾아내 가지고 체면을 차려서 잔치를 해주든지 그렇지 않으면 고소를 당하든지 양단 간에 정하세요."

"……."

점잖게 앉아 있으나 강 장로의 목구멍 안에서는

'딸 잘 길렀다. 사내가 유인한다고 따라 나서는 계집애 그걸 어디다 쓰려고…… 찾아다 잔치를 한다? 실없는 소리.'

강 장로는 입 밖으로 이런 말이 나오면 김 집사에게서 어떠한 봉변이 온다는 것쯤은 알고 있다. 또 그만한 봉변은 막아낼 도리도 있다.

그러나 강 장로는 넝마를 팔고 있는 여인과 맞서서 시비하는 것은 자기 위신에 커다란 오점을 남기는 것으로 생각하고 그는 끝까지 입을 다물어

버렸다.

김 집사가 갑자기 주먹으로 방바닥을 탁 치며

"왜 점잖고만 있는 거요? 당신 아들은 오늘이라도 다른데 장가들면 또 새신랑 아니요? 그러나 내 딸은 신세 망치지 않았오? 굼벵이도 디디면 꿈적거리는데 아 그래 내가 괄시 받고 딸 잃고 그래 내가 가만있을 줄 알우?"

장로 부인이 겁을 집어 먹은 눈을 커다랗게 뜨고

"집사님 조용조용히 말 합시다. 남이 들으면 망신 아니요?"

"난 밑져야 본전이요. 난 강 장로처럼 점잖지가 못하니까 망신될 것도 없소."

김 집사가 돌아갔다. 김 집사가 돌아간 지 십 분이 다 되었을까

"편지 받으세요."

마루 위에 뚝 떨어지는 편지가 있다. 안에서 나온 것은 얄팍한 청첩장이다.

'강상준 안혜순. 저이들은 하나님의 축복 아래서 두 사람이 백년을 함께 할 뜻을 정하였사와 평소에 친절을 베풀어 주시던 여러분께 삼가 알려드리는 바입니다. 1953년 12월…… 일.'

깨끗하게 프린트로 박힌 이 청첩은 같은 시각에 유영철에게도 왔다. 그리고 허애경에도 갔다. 애경은 생긋 웃고 영철은 빙긋 웃었다.

그러나 빙긋이 웃는 영철의 이마에는 번지르르 진땀이 배어났다. 영철은 자기 방으로 들어가서 문을 닫아버렸다.

어제 아침 강 장로가 다녀간 이후로 유 목사는 밥맛을 잃었다. 잠도 깊이 들지 못했다. 교회 젊은이들 가운데서도 제일 촉망하던 강상준이가 궤도를 벗어난 짓을 했고 모든 처녀의 모범으로 지목받는 혜순, 교회의 자랑

이었든 혜순이가 어마어마하게도 탈선 행동을 하다니!

'이런 일은 믿지 않는 사회에서도 드물게 보는 일이야.'

유 목사는 한때 아니 요사이도 그의 깊은 맘속에 만약에 며느리를 택한다면 안혜순이라고 생각하고 있는 만큼 유 목사의 실망은 컸다.

아침부터 아들 영철은 어디로 갔는지 신발도 보이지 않는 것이 외출을 한 모양이다. 문득 유 목사는 자기 아들도 상준이와 같은 연령에 도달하고 있는 것을 생각하자 어떤 기우에 근사한 생각이 유 목사의 마음 맨 깊은 곳을 스쳐갔다.

저녁밥 때가 되었다. 아들은 여전히 외출에서 돌아오지 않는다. 유 목사는 오늘 달리 아들의 행방이 걱정이 되었다. 저녁상이 나가고 방안은 조용해졌다.

대문에서 무슨 소리가 들렸다. 소리는 마당으로 가까워 온다.

"영철 군! 잠깐 만나세."

하는 청년의 소리가 나서 유 목사가 문을 열었다. 유 목사가 문을 여는 것과 꼭 같은 시각에 아들의 방문이 안으로서 열리고

"여― 상준 군!"

영철은 당황스럽게 마루를 내려 상준의 손을 잡는다. 엷은 어둠 속에서 미소하는 아들의 얼굴은 창백한 달처럼 광채가 나는 듯하다. 강상준의 뒤에는 얼굴을 탁 숙이고 있던 혜순이가 조용한 소리로

"목사님 뵈러 왔습니다."

하고 슬픈 눈으로 영철을 바라본다. 마루에 우두커니 서 있던 유 목사는

"영철이 너 종일 방에 있었댔니?"

"네."

영철은 상준을 보고

"결혼식을 거행하러 왔지?"

하고 빙긋이 웃었다. 상준은 고개를 끄덕여 보인다.

"아버지 이분들이 목사님의 축복을 받으러 왔습니다."

하고 영철은 예배당으로 들어가 촛불을 켰다. 강상준과 안혜순도 예배당으로 들어갔다. 영보상 위에 두 개의 촛불이 서 있는 앞으로 가서 상준과 혜순이가 한참을 기다려도 유 목사는 나타나지 않는다.

영철이가 풍금을 열었다. 우렁찬 베이스로 찬미를 부른다.

"천부님께 빕니다. 신랑신부 위하여 모든 복을 내리사 영원토록 줍소서."

이절을 마치고 삼절을 시작할 때 유 목사가 들어왔다. 사절을 부를 때 유 목사도 상준이도 그리고 혜순이까지 다 같이 불렀다.

노래가 끝나자 유 목사는 두 사람의 머리 위에 손을 얹고

"아버지 하나님 강상준과 안혜순에게 부부됨을 허락하시옵고 이들이 긴 인생을 걸어갈 동안 주님 동행하시옵소서."

"아―멘."

목사와 영철과 신랑과 신부가 함께 아멘을 불렀다. 조용히 두 사람이 예배당 밖으로 걸어 나왔다. 웨딩마치가 은은하게 울린다.

상준과 혜순이가 예배당 마당을 나와서 거리로 나간 뒤에도 곡조는 계속되었다. 천사와 방불하게 미소하며 풍금을 치고 있는 영철의 두 뺨에 은근히 눈물이 흘러내렸다.

8회

강상준과 안혜순의 결혼식이 있은 그 다음 다음 날은 주일이었다. 유 목사는 예배 시간에 광고 순서가 되자

"교회 앞에 드릴 말씀이 있습니다. 우리 예배당에서는 이틀 전 강상준 군과 안혜순 양의 결혼식이 있었습니다. 공개하지 않기로 하는 두 분의 의향대로 지극히 간단한 식을 마쳤습니다. 이상 여러분에게 알려 드립니다."

장로석에 앉은 강 장로의 뺨이 파랗게 질리는가 하면 입술은 새까맣게 타들어 간다.

그러나 희한하게 혜순의 어머니 김 집사의 얼굴에는 미소와 방불한 평화로운 기분이 흘러가고 있다.

딸 혜순이가 도망을 쳐 나갔다 하더라도 떳떳하게 결혼식을 치렀다는 사실이 목사님의 입으로 광고된 이상 김 집사는 만족해도 좋은 것이다.

예배가 끝나도록 강 장로는 얼굴을 들지 않았다. 분노와 절망으로 강 장로의 얼굴은 찌그러지는 듯 보였다. 예배를 마친 후 강 장로는 유 목사의 방으로 뛰어 들어왔다.

제직회가 있다는 광고도 잊어버리고 강 장로는 까만 얼굴로 유 목사를 기다리고 있는데 제직회를 마친 목사는 또 어느 장로 댁으로 점심을 잡수러 가셨다 한다.

강 장로는 소리가 나도록 문을 닫아버리고 마당으로 나왔다. 점심도 저녁도 먹지 않고 해지기를 기다려 목사관으로 다시 왔다. 강 장로의 소원대로 유 목사는 혼자서 책상 앞에서 성경을 읽고 있다.

강 장로는 치밀어 오는 흥분 때문에 가쁜 숨을 쉬며 목사의 방으로 들어섰다.

"장로님 어서 오십시오."

하고 유 목사는 성경책을 덮고 강 장로를 향해 돌아앉는다. 강 장로는 털석 주저앉으며

"아니 목사님 그래 목사님은 교회 헌법을 무시해도 괜찮습니까?"

하고 사나운 시선으로 목사를 노려본다. 유 목사는 눈을 껌벅껌벅 하다가

"교회 헌법 말씀입니까? 강상준 군의 혼인을 부모의 승낙 없이 해주었단 말씀이지요."

강 장로는 입을 꽉 다물었다가

"네 그렇습니다. 상준이는 올해 스물네 살이에요. 법적으로 부모의 동의 없는 결혼은 못하도록 되어 있어요."

"네 잘 압니다."

유 목사는 조용한 소리로 대답하고 빙그레 웃었다. 강 장로는 유 목사의 태도가 도무지 마음에 맞지 않는지

"아시면서 왜 그런 과오를 범하십니까? 고의로 하셨습니까?"

강 장로는 무르팍을 유 목사 앞으로 쑥 내밀면서

"도대체 무슨 심보로 그런 거창한 일을 독단으로 하셨나 말입니다."

유 목사는 여전히 조용한 목소리로

"저로서는 그렇게 하는 것이 옳은 줄로 알았기 때문에 그렇게 했습니다."

"아니 부모의 승낙 없는 결혼을 목사가 단독으로 식을 올리는 것이 옳
단 말씀이죠?"

강 장로의 입술은 보기 싫게 비뚤어진다. 유 목사는 정색하고

"네 옳다고 생각했습니다. 강상준 군과 안혜순 양의 경우에 있어서는
그렇게 할 수밖에 달리 도리가 없으니까요."
하고 똑똑히 대답한다.

"아니 어째서 위법해 가면서 옳다고 주장하십니까?"

강 장로는 턱을 끄덕 치켜들고 유 목사의 얼굴을 뚫어지라 바라본다.

"위법이라면 분명 위법입니다."

유 목사는 침을 삼키어 목을 축이고

"장로님 우리 구약 시절에 다윈의 행적을 잠깐 생각해 보십시다. 사울
왕을 피해서 도망갈 때 그가 부하들과 함께 주리지 않았습니까? 그때 제
사장은 그에게 성전에 진설한 떡을 주어 먹였습니다. 이 떡은 제사장 외에
는 먹을 수 없는 거룩한 떡입니다. 제사장이 아닌 다윈과 그 일행이 이 떡
을 먹었다는 것은 그 당시 큰 죄를 범하는 것입니다. 그러나 제사장은 다
윈과 그 일행의 생명을 건져주기 위해서 하나님의 자비를 의지하고 그 떡
을 내어 준 것입니다……. 장로님 때로는 법을 어기는 것도 도리어 선이
될 수 있는 것입니다."

강 장로는 고개를 흔들고

"그것은 구약시대의 일이에요."

"신약시대에도 있습니다. 분명 예수님의 제자들이 안식일인데도 시장
하니깐 밀 이삭을 잘라 먹었습니다. 바리새교인이 안식일을 범한다고 비
난했을 때 예수님은 무어라고 말씀하셨나요? 안식일이 사람을 위해 있는

거지 사람이 안식일을 위해 있는 게 아니라고(마가 2장 27절 참조)."

유 목사는 강 장로를 똑바로 쳐다보고

"법이 사람을 위해 존재한 것이고 사람이 법을 위해 존재하지 않다는 말씀입니다."

말을 마친 유 목사의 얼굴은 경건스러운 평화가 조용히 흘러간다.

"그래도 그렇지가 않습니다. 첫째 목사님이 예수님은 아닙니다. 더구나 상준이나 혜순이가 밀 이삭을 잘라 먹은 예수님의 제자들은 아닙니다. 그 애들은 부모를 반역하고 제 맘대로 집을 나간 불효막심한 패륜의 자식들입니다. 목사님 제가 몇 날 전 목사님을 찾아뵈옵고 상준이 때문에 얼마나 애를 태우고 있다는 것, 그리고 혜순이와는 절대 반대라는 의견 말씀드린 것 기억하고 계십니까?"

"기억하고 있습니다."

강 장로는 유들유들한 유 목사의 태도에 버석 부화가 치밀어 올랐으나 간신히 분을 참고

"그렇다면 그렇다면 말입니다. 무슨 심사냐 말입니다. 믿지 않는 사회에서도 그 어버이가 주창하는일은 협력해 주는 것이 지도자의 책임입니다. 목사님은 불신자의 지도자보다 못한 양심입니까?"

강 장로의 음성은 높아졌다. 유 목사 부인이 방으로 들어서며

"장로님 말씀 좀 낮춰 하십시오. 예배보러 오는 사람들 듣습니다."

강 장로는 힐긋 목사 부인을 노려보고

"좋습니다. 난 이 일을 교회 앞에 공개하겠어요. 그리고 우리 상준이의 결혼은 무효라고 선언하겠어요."

유 목사는 빙그레 웃으며

"그 선언은 효과가 별로 없을 겁니다. 그애들은 벌써 결혼생활을 하고 있지 않습니까?"

"그래서 잘됐단 말입니까?"

강 장로의 얼굴에는 증오의 빛이 거미처럼 기어간다.

유 목사는 정중한 목소리로

"그러면 그 애들이 하나님 앞에 축복을 받은 일이 잘못됐단 말입니까? 그대로 아무렇게나 야합해서 살면 더 좋았을 것이라고 생각하십니까?"

강 장로는 일순 말문이 막힌 듯 잠깐 동안 입을 다물었다가

"그야 일시적 과오를 회개하고 돌아서면 되는 거죠. 하지만 교회에다 정식 혼인처럼 광고를 해 놨으니 곤란하지 않아요?"

김 장로의 음성은 약간 거칠어진다.

"목사님 다음 주일에 다시 광고해 주세요. 부모가 허락지 않은 비합법적 결혼이라고 그리고 상준이와 혜순이에게 책벌을 마련해 주십시오. 그래야만 앞으로 젊은이들이 그런 죄를 짓지 않게 될 테니까요."

유 목사는 강 장로의 흥분한 말과는 반대로 정중한 목소리다.

"장로님 함부로 정죄하는 것 우리 삼가야 합니다. 강상준과 안혜순은 가장 어울리는 부부라고 난 생각하고 있어요."

강 장로는 더 참을 수 없는 듯 패악스런 음성으로

"난 노회에 고소하겠습니다. 유 목사를 걸어 고소할 테니 응소하십시오. 교회의 청년 남녀를 부패케 하는 죄목으로 걸어 고소할 테에요. 노회에서 패소하면 총회로 갈 겁니다."

강 장로는 탁 문을 열어젖히고 나오며

"누구를 바지저고리로 알다간 큰코다칠 줄 모르고."

중얼거리며 예배 시간인 데도 예배당으로는 들어가지 않고 대문 밖으로 나가버렸다.

목사 부인은 겁을 집어먹은 소리로

"돌았어요. 강 장로 돌았나 봐요."

하고 목사를 쳐다보고

"어떡하면 좋아요?"

목사 부인은 정말 근심에 빠진 모습이다.

"괜찮아요. 욕심의 마귀가 물러가면 깨닫게 됩니다. 우리 할 일은 기도뿐이지요."

노회 재판을 한다고 위협을 하고 나왔지만 강 장로의 마음은 조금도 편안하지가 않다.

"도대체 이것들이 어디서 살고 있는지 알 수가 있어야지."

집으로 오며 중얼거리는 강 장로는 아들이 비밀히 살고 있는 집만 알아낸다면 당장에 가서 아들의 모가지를 냉큼 집어 올 것 같이도 생각이 든다.

이튿날 아침 애경의 아버지가 강 장로를 찾아 왔다.

"강 장로님 잔치를 하면서 어째 국수 한 그릇도 나누지 않습니까?"

이런 말은 강 장로의 목구멍을 쑤시는 창끝처럼 아프게 들렸다.

"그 '스칼라십' 서류 이리 내주시오. 장가든 사람이 쉽게 미국 떠나겠습니까?"

강 장로는 서류가 들어있는 두툼한 봉투를 애경이 아버지에게 내밀어 주고 대문까지 따라 나가 인사를 하고 들어오며

"아까운 혼처 놓쳤다. 복을 차고 잘 살어? 빌어먹지 빌어먹어."

하고 주먹을 쥐는 것이다.

그러는 동안에 또 몇 날이 흘러갔다. 아직도 봄소식은 멀어 밤은 무한 길기만 하다.

유영철은 책상 앞에서 읽기도 하고 쓰기도 하고 혜순의 애정 문제가 아련한 상처처럼 남아 있는 채 오늘도 종일 책상에서 글을 읽었다.

싸늘한 바람이 엷은 어둠과 함께 창틈으로 기어드는 시각은 황혼이 닥쳐오는 무렵이다. 노크소리도 없이 방문이 사르르 열린다.

입과 코에 마스크를 대고 모자를 푹 눌러 쓴 얼굴이 한 개 쑥 방안으로 들이민다. 입과 코를 마스크로 가렸으나 강상준이라는 것을 똑똑히 알아내고 영철은 잠자코 마루로 나왔다.

상준의 손짓하는 대로 그들은 골목을 걸었다.

"자네 돈 가진 것 있나?"

상준은 마스크 속에서 웃음 먹은 소리로

"있거든 한 천 환 빌려주게. 취직해서 갚을 테니……."

영철의 대답을 기다리는 수초 동안 상준은 몹시 긴장하고 초조해 보인다. 화폐 개혁이 실시된 지 얼마 되지 않아 돈은 참으로 귀하다.

"지금 천 환은 없는데."

영철의 대답에 실망하지 않고 상준은 다급한 소리로

"그럼 언제쯤 되겠나?"

하고 주위를 슬슬 살피는 것이 사람의 눈에 뜨일까 겁내는 표정이다.

"지난 주일 예배당에서 강 군의 결혼 정식으로 발표 됐네……. 떳떳한 남편과 아내니간 다음 주일부터 교회에 출석해도 좋지 않아? 더욱이 취직하려면 사람들도 만나 봐야 하고."

강상준은 친구의 격려가 천 환 아니 만 환의 가치로 가슴 속에 감사를

자아냈다. 감사한 표로 상준은 으스러지게 영철의 손을 쥐었다. 영철은 포켓을 더듬어

"내게는 지금 이것뿐인데."

십 환짜리 일곱 장을 상준의 손에 놓아주고

"내일 이맘때 한 번 다시 들려주게. 내 힘대로 만들어 볼 테니."

영철은 상준이가 돌아간 뒤 책상 앞에 앉아 혼자 생각하는 것이다.

'상준을 내가 참으로 사랑하나? 그보다도 혜순이가 애처로워 힘을 내는 것이 아닌가.'

영철은 이러한 자기의 애정이 진정 순수한 것인지 어떤 것인지 상준이가 자기 마음을 안다면 그렇게까지 굳센 악수를 해줄까 영철의 입가에는 서글픈 웃음이 떠돌았다.

이튿날 아침 영철은 일찌감치 용두산 판자동리로 가서 김 집사를 찾았다. 시장으로 나가려고 보퉁이를 꺼내던 김 집사가 요사이 부쩍 초췌해진 얼굴에 반가운 웃음을 띠고

"웬일이요?"

하고 묻는다.

"집사님과 의논이 있어 왔습니다."

하고 어제 저녁에 강상준이가 찾아 왔더라는 얘기며 돈을 좀 변통해 주어야겠다는 말을 했다.

김 집사는 슬프디 슬픈 얼굴로 몇 번이나 한숨을 쉬고 나서

"영철 씨가 이렇게 또 심부름을 와주니 하나님의 축복 받을 꺼야 받고 말고."

김 집사는 혼잣말 같이 하고 주머니를 연다. 오늘 장사 밑천에서 이천

환을 집어내어 영철의 손에 쥐어 주고

"그것들이 언제까지나 숨어서 살겠소? 방을 하나 마련해서 살림을 하도록 해야 될 텐데…… 영철 씨 염치없소만 방 하나 물색 해 봅시다래."

"네 집사님도 알아보세요."

영철은 그 길로 강 장로 댁을 찾아 갔다.

"장로님 안녕하십니까?"

하고 인사를 하는 영철을 강 장로는 쓴 벌레를 씹은 듯한 얼굴로 한참을 바라볼 뿐 인사의 대답은 없다.

영철은 빙긋이 웃고

"저 다름이 아닙니다. 상준 군이 방도 하나 마련해야 되겠고 그 사이 먹은 식채며 두루 돈이 좀 필요한 모양입니다."

"……."

여전히 한 말도 대답이 없는 강 장로를 힐끗 바라보는 영철은 자기가 여기를 찾아 온 것을 후회했다. 강 장로의 불끈 쥐고 있는 주먹이 부르르 떨리는 것이 보인 때문이다.

"안녕히 계십시오."

영철은 인사하고 돌아섰다.

"유 군 잠깐."

강 장로는 성난 소리로 영철을 불러 놓고

"돈을 주면 자네가 갖다 줄 텐가? 어디로 갖다 줄 텐가?"

"제게로 오기로 약속 되어 있습니다."

"왜 갖다 주지 그래."

"집을 모릅니다."

영철은 이 장로님이 아들의 주소를 알고 싶어 하는 눈치를 채고 두어 걸음 걸어 나왔다.

"이왕 왔으니 돈 좀 가져가야지."

반가운 소리다. 영철은 마루 끝으로 갔다. 강 장로가 주머니에서 꺼내 주는 돈은 붉은 지전 한 장 천 환이다.

영철은 그 길로 영주동으로 갔다. 영주동 산리에 자기 아는 사람이 있어 그 근처에는 헐한 방도 있을 것 같다.

한 사흘 후면 빈다는 방이었다. 간반 되는 남향 방이다. 부엌도 있고 사립 밖에는 우물도 있어 산리에서는 얌전한 집 속에 드는 폭이다. 선세가 오천 환, 매달 천 환씩 간다는 것이다. 선세가 적은 것이 무엇보다도 기쁜 일이다.

영철은 다른 사람에게 주지 말라고 몇 번이고 당부를 하고 돌아왔다.

해가 지고 땅거미가 잡힐 무렵 상준이가 찾아 왔다. 두 집에서 얻어온 삼천 환을 상준이 손에 쥐어주고 영주동 산리의 한간반짜리 방 얘기도 했다.

강상준은 눈물이 글썽해지는지 손바닥으로 이마를 만지는 척하고 눈언 저리를 씻는다.

"자네 책 있으면 한 권 빌리세 심심해서……."

"암 그럴 테지 무슨 책이 좋아?"

"'갈릴리의 어부' 있으면 좀 읽어야겠네."

"있지."

영철은 '갈릴리의 어부' 외에 '키에르케고르'의 '죽음에 이르는 병'을 끄집어내고 잡지 두 권도 첨부해서 상준에게 안겨 주었다.

상준이가 거리서 책을 안고 넓은 길로 나왔으나 버스나 전차를 타는 큰

길로는 가지 않고 언덕바지 경사진 어두운 길로 달려간다. 뒤에서 사람이 따라오는 건 물론 알지 못하는 채.

외로운 방에서 기다리고 있는 혜순을 생각하고 상준은 반달음질로 비밀의 처소를 향하는 것이다.

방송국 근처 여관은 여관이지만 삼류여관 뒷방 자그마한 한간 방이다. 혜순이가 열고 내다보는 영창문으로 들어가서 막 숨을 돌리는데

"문 열어라."

하는 남자의 목소리가 들린다. 상준이나 혜순이나 일시에 눈이 둥그레졌다.

"문 열어 속히."

아버지의 노한 음성을 듣는 상준은 체념한 안색으로 영창문을 열었다. 급히 걸어가는 아들을 따르느라고 숨이 턱에 닿은 강 장로는 수건으로 이마를 씻으며 방으로 들어선다.

두부모 같은 방 한구석에는 그리 깨끗지 않은 이부자리가 한옆에 놓이고 싸늘한 방바닥은 트실트실 헤어진 곳도 있다. 혜순은 보시시 일어서 강 장로에게 절을 했으나 강 장로는 본체만체다.

한참동안 방안에는 무언의 탄압과 반항의 수분이 흘러갔다.

"가자 집으로…… 왜 집을 두고 여기서 묵느냐 말이다."

입을 떼기 시작한 강 장로는 걷잡을 수없이 말을 쏟아놓는다.

"첫째 이 집에서 거저 먹여 줄 리도 없고…… 무얼로 갚을 테냐? 밥값을 말이다."

'차차 직업을 얻어 보겠습니다.'

하는 대답을 상준은 속으로만 하고 잠자코 않았다. 강 장로는 부드러운 목소리로

"가자 가서 어미 아비와 같이 살아야 되지 않나?"

"혜순이도 같이 간다면 저도 가겠습니다."

상준은 또렷한 소리로 이렇게 대답을 했다.

"혜순이는 또 저네 집이 있잖니?"

"……."

옆에서 고개를 숙이고 있던 혜순의 고개가 좀 더 수그러진다.

"혜순이는 집이 없습니다. 저 때문에 집을 버리고 나왔어요."

아들의 말이 지긋지긋 미운 듯 강 장로는 혜순을 흘겨보고

"집을 버리고 나오는 처녀 그런 처녀를 왜 우리 집으로 데리고 가?"

상준은 입술을 꼭 다물었다. 한참 만에

"아버지 돌아가십시오. 저는 집으로 가지 않습니다. 다시는 찾아오지 마세요."

"뭐? 이 불효한 자식 너 하나만 믿고 사는 애비야. 있는 돈 없는 돈 긁어 모아 대학까지 보냈더니 기껏 배운 수작이 그것뿐이냐? 그래 계집애 때문에 집도 버리고 부모도 버리라고 어느 교수가 가르치더냐?"

"교수가 가르친 것이 아니라 저 이성이 제게 명령한 것입니다."

"이성이? 야 이놈아 어릴 때부터 주일학교 당긴 놈이 성경은 잊어버렸니? '부모를 순종하라 이것이 옳으니라…….' 너는 장로의 아들이야 나는 너 때문에 강단에도 다 섰다."

강 장로는 비장한 어조로 말을 마치고 억울한 듯이 눈을 감는다.

"아버지 '주 안에서 순종하라' 성경에는 쓰였어요. 아버지가 요구하시는 순종 그것은 주 안에서 하는 순종이 아닙니다."

강 장로는 허무한 듯이 눈을 껌벅껌벅 하다가

"그럼 너희들 하는 일은 주 안에서 하는 일이냐?"

"네 주 안에서 했습니다."

"이놈이."

강 장로는 주먹을 번쩍 들고

"어디서 함부로 망령된 말을 해? 아니 계집애를 데리고 도망쳐 나온 일이 그게 주 안에서 한 일이란 말이냐?"

강 장로는 눈을 부라리고 씨근씨근 어깨로 숨을 쉰다.

"네. 순결한 사랑으로 우리는 평생을 하나님 앞에 약속했습니다. 아버지는 욕심으로 애경이를 며느리로 정하려 하시지만 그런 불순한 목적은 하나님이 기뻐하시지 않으실 걸요?"

"애경이는 축복하지 않고 혜순이만 축복하는 하나님이 어디 있겠니? 네가 조작으로 지어낸 하나님이지…… 기막힌다."

상준은 가련한 듯이 아버지를 응시하고

"아버지 새 술은 새 가죽 부대에 넣어야 부대도 상치 않고 술도 버리지 않는다는 말씀 기억하시지요? 저들은 새 술이에요. 아버지의 묵은 관념의 부대에는 들어갈 수 없는 거야요."

강 장로는 억울한 눈으로

"그게 대학교서 배운 문자로구나."

"대학교가 아니라 성경에서 배웠습니다."

"성경에 쓰여 있다? 그래 애비 말도 듣지 않고 남의 집 계집애를 데리고 도망쳐 나온 것이 새 술이란 말이지? 성경을 네 맘대로 네 편할 대로 해석하는 거 그게 이단이다. 너도 불쌍하다. 옛날 같으면 불에 태워 죽이는 거야. 그런 이단을 함부로 지껄이면."

"……."

강 장로는 좀처럼 분이 풀리지 않아

"도대체 네 맘대로 성경을 해석하라고 누가 가르치더냐?"

"저 양심이 가르쳤습니다."

"양심? 네가 양심이 있어?"

"네 아버지보다는 확실히 양심이 있습니다."

"이놈이."

강 장로의 주먹이 기어이 상준의 머리통을 쥐어박았다. 혜순이가 얼른 상준을 가리고 앉으며

"말씀만 하셔도 알아들을 겁니다."

하고 혜순은 주먹으로 눈물을 씻는다.

"혜순이 너도 큰일이다. 너 홀어머니 넝마장수 해서 너를 대학까지 보내주셨는데 배은망덕을 해도 분수가 있지."

상준은 얼굴을 들고

"아버지 혜순이 모욕하지 마세요. 남의 딸이라면서 아버지 며느리로 데려온 일 없잖아요?"

강 장로는 비로소 아들이 아닌 한 개의 젊은 남자를 감각하고 상준을 멍하니 바라보았다. 잠자코 문을 열고 나오는 강 장로의 눈에는 눈물이 글썽이었다. 그리고 사흘 후 강상준은 혜순을 데리고 영주동 산리 셋방으로 나왔다.

9회

영주동 산리 간반방에는 아침 햇살이 곧잘 들어온다. 뽀얀 새벽이 뱃고동을 몰고 찾아오면 혜순은 양철통을 들고 사립문 밖으로 나선다.

돌샘에 고인 물은 수정같이 맑아야 할 텐데 여기도 피난민은 살고 있어 아낙네들의 바가지싸움에 샘물은 흐려 있다.

혜순은 아궁이에 불을 지펴 물을 데우고 쌀을 씻어 솥에 넣으면서도 종순이가 갖다 준 김치는 이 아침이면 마지막이다 생각을 하고 우울해진다.

아침밥 짓는 불로 방이 따뜻해지자 상준은 새삼스레 혼곤히 잠이 든다. 그는 잠이 들었건만 머릿속은 깨어 있는 것이다. 자루를 털어 가지고 나가는 것을 보면 쌀은 다 됐다.

나무도 패놓은 몇 개피 밖에는 없다. 상준은 부엌에서 달그락거리는 아내 혜순이가 불쌍해서 뼈끝이 저려왔다. 결혼하고부터 부쩍 여위어지는 혜순이다.

턱이 유난히 길어지는가 하면 눈은 좀 더 커지고 그리고 붉으스레 화색이 도는 뺨은 홀쩍 들어갔다.

'맛있고 영양 있는 것을 먹어야 할 텐데…….'

돈이 필요하다. 상준은 어떻게 해서 돈을 벌 수가 없을까 하고 생각한다. 그는 또 유영철을 찾아 가기로 한다.

영철이면 그럴 듯한 직장을 구해 줄 수도 있을 것 같다. 아침을 먹고 막 수저를 놓는데

"강 군."

하고 찾는 사람은 목소리도 유영철인 것을 알아냈다. 방으로 들어서는 영철은 다른 날과 달리 몹시 우울한 얼굴이다.

"그러지 않아도 자네를 만나러 가려든 참이었네."

상준이가 말을 하고

"이리로 내 앉으십시오. 여기가 아랫목이랍니다."

혜순이가 상을 내가며 영철에게 이런 인사를 건넸다.

"네 감사합니다. 여기도 괜찮습니다."

유영철은 윗목에 주저앉으며

"자네 놀라지 말게."

하고 방바닥으로 눈을 떨어뜨린다.

"왜 갑자기 놀랄 일이 생겼나? 말을 해 보게."

상준이가 독촉을 하는데도 영철은 잠깐 동안 입을 닫고 앉았다. 영철은 수르르 한숨을 쉬고 나서

"어머니가 떠나셨어."

"……."

강상준의 눈이 꼿꼿이 섰다.

"교통사고야. 미군 지프에…… 적십자 병원에서 방금 절명하셨어."

상준은 이불에다 얼굴을 처박고 어린애처럼 느껴 운다. 영철은 상준의 등어리를 가볍게 만지며

"가세, 사고를 낸 사람이 고인의 가족을 만나 보겠다는 걸세. 장로님도

그러셨어. 상준이를 데려오라고."

서름질을 하는 혜순은 방안의 공기가 이상스러워 행주치마로 손을 씻으며 방문을 열었다. 강상준의 어머니가 미군 지프에 치어 별세한 사실을 알아내자 단 한 번이라도 어머니라고 불러본 일이 없는데도 혜순은 자기 어머니 김 집사를 생각할 때 주르르 눈물이 발등으로 흘러내렸다.

"당신도 같이 가야 해요. 사고 낸 사람이 어머니의 가족들을 만나보잔 답니다."

하고 상준은 외투를 떼어 입는다.

"혼자 가 보세요."

하고 혜순은 나갈 생각은 하지 않는다. 사람들 있는 데서 강 장로가 무슨 봉변을 줄는지 모르는 때문이다. 상준은 아내의 심중을 알아채고

"그럴수록 우리는 더 공공연하게 외부 사람들과 접촉을 해야 된다는 걸 알아야 해요."

하고 기어이 혜순의 등어리에 외투를 걸쳐 준다. 세 사람은 편편한 길로 내려섰다. 거리에는 바람도 차고 먼지도 많다.

혜순은 머플러로 얼굴을 가리며

'돌아오는 길에는 어머니 집으로 가보아야 한다.'

고 결심한다.

적십자 병원 복도에는 절망한 얼굴로 강 장로가 서 있다. 아들 상준과 눈이 마주치자 얼른 외면하고 돌아선다. 상준은 어머니의 시체가 누워있는 방으로 안내되어 들어갔다.

"어머니!"

상준은 살아있는 사람을 부르듯 어머니를 불러놓고 싸늘하게 식어 있

는 어머니의 가슴에 얼굴을 부비며 통곡을 시작한다. 우는 소리도 크고 눈물도 한없이 흘러나오는 상준의 애통하는 양을 물끄러미 내려다보고 섰는 흑인 장교는 그 거무튀튀한 손을 상준의 어깨 위에 올려놓고

"아임 쏘리."

를 몇 번이나 되풀이하고 자기도 손수건을 눈에 댄다. 나이 한 사십이나 되어 보이고 대령의 마크를 붙인 이 흑인은 비록 살빛은 검으나 그의 직책에서 오는 교양이 그로 하여금 한 사람의 장교로서의 관록을 갖추게 하였다.

상준은 울음을 그치고 복도로 나왔다. 응접실 같기도 하고 대합실 같기도 한 방으로 유영철과 상준의 가족이 안내되어 들어갔다.

흑인 장교도 이어 들어갔다.

"불행하게도 나의 차를 몰고 가던 부하가 사고를 저질렀습니다. 부하는 지금 영창에 있지만…….."

"모두 오백 달러 올시다. 이달에 내 가족에게로 보낼 생활비 올시다만…… 고인의 장례비에 보태 주십시오."

하고 백 달러짜리 다섯 장을 헤여 보인다. 상준은 얼굴을 똑바로 들고

"내 어머니의 죽음은 돈으로써 그 슬픔이 배상되지는 않을 것입니다. 장례비는 내 아버지가 마련하실 테니 이 돈은 당신의 가족에게로 보내십시오."

유창한 영어다. 대령은 돈을 든 손을 도로 안으로 들려 보내지도 못하고

"어떠십니까? 아버지 되시는 분."

하고 강 장로를 행해 돌아선다. 강 장로는 흑인의 손에서 돈을 받아 쥐고

"우린 피난민인 때문에 이런 돈도 있어야 초상도 치루겠소."

하고 말을 한다. 통역의 말을 알아들은 흑인 대령은 연신 고개를 끄덕이고

"오-케이 오-케이."

하고 안심하는 얼굴이다. 상준은 잠자코 누구보다도 먼저 문밖으로 나와 버렸다. 상준은 기다리고 섰다가 힘빠진 걸음으로 나오는 아버지를 쳐다보고

"장례는 어떻게 하실 작정이십니까? 시신은 집으로 모실까요?"

하고 물었다. 강 장로는 입을 꾹 다물고 대답이 없다. 상준은 그렇다고 핵토라져 버릴 수도 없고 그는 드디어 마음속으로 아버지를 멸시했다.

'독사의 종류.'

세례 요한이 외치던 사람은 자기 아버지 같은 인간성이 아닌가 하는 생각이 들었다.

"영철 군을 보내서 저를 부르실 때는 언제고 일건 저희들이 오니까 일체 입을 봉하신다면 저희들은 또 어떻게 했으면 좋겠습니까?"

하고 상준은 강 장로에게서 눈을 돌려버렸다.

"네 어미의 상제가 되려거든 혜순이를 저희 집으로 돌려보내라. 나는 너를 불렀지 혜순이까지는 부르지 않았어."

하고 아버지는 노한 눈으로 아들을 흘겨본다. 상준은 결심한 듯

"제가 상주가 되는지 안 되는지 어머니가 알 턱이 없을 겁니다. 저는 상주 노릇 안 하겠어요."

하고 아버지 앞에서 돌아섰다. 혜순이가 비통한 얼굴로

"상준 씨 그러지 말아요. 난 이 길로 우리 집에 가서 있을 테니 초상 치르고 오세요."

혜순은 말을 마치자 반달음질로 적십자 병원을 나가 버렸다. 상준이가 혜순의 뒤를 따라 나가려는 눈치를 차리자 유영철이가 상준의 앞을 막아서며

"자낸 못 가네. 상주님이야."

영철은 강 장로 앞에 똑바로 서서

"돌아가신 사모님을 조금이라도 가엽게 생각하시거든 오늘 하루만이라도 상준 군에게 따뜻하게 대해 주시지요. 이런 일은 믿지 않는 사회에서도 하는 일입니다."

강 장로는 꾹 다물었던 입을 떼고

"자네는 상준이와 함께 시체를 영구차에 싣고 예배당으로 오게. 예배를 마친 후 화장터로 가겠네."

하고 강 장로는 시체가 놓인 방으로 들어간다.

유 목사의 사회로 장례식은 지극히 간단하게 끝이 났다. 장로며 집사며 기별 받은 사람들만 한 이십여 명 모인 중에는 혜순의 어머니 김 집사도 참석하고 있었다.

"장로님 이거 참 원통 하외다 원."

하고 김 집사가 인사를 하였으나 강 장로는 한 마디도 대답이 없다. 김 집사는 돌아서며

"못난 사나이야."

하고 통사정하고 지내는 안 장로 부인에게 소곤거렸다. 그 말소리가 강 장로 귀에 들렸다. 강 장로는 눈을 번쩍 떴다가 도로 내려뜬다.

정월은 꿈같이 지나고 이월도 훨훨 잘도 흘러갔다. 석 달째 방세를 고스란히 밀리고 있는 강상준 내외는 살고 있는 방이 바늘방석처럼 불안스러웠다.

아침저녁 주인 아낙네의 푸념도 견딜 수 없거니와 방구석이 떨어져 뿌옇게 연기가 새는 것도 골치가 아닐 수 없으나 방세를 못 내는 주제에 고

쳐달라는 말은 입밖에도 낼 수가 없다.

"이북 것들은 염치가 없어."

하는 소리가 귓전에 탕탕 들려오는 삼월초순 어느 날 저녁에 영철이가 찾아왔다. 편지를 가져왔다.

'나는 이 땅을 떠나간다. 너에게서도 배신을 당하고 너 어머니도 없어진 이 땅은 소돔과 고모라처럼 진저리가 난다. 일엽편주에 몸을 싣고 현해탄을 향하는 내 운명은 하나님께 맡긴다. 집은 팔든지 네가 쓰든지 임의대로 하라. 애비가 끼쳐주는 유산이 오직 집 한 간뿐이로구나. 아버지가 상준에게……'

어쨌든 강상준은 그날로 아내를 데리고 아버지가 사시던 집으로 내려왔다. 집세 성화도 받지 않고 방도 둘이나 되고 부엌도 있고 뜨락에는 화단이 있는가 하면 장독대도 있고.

상준은 한때 아버지를

'독사의 종류.'

라고 저주했던 것을 속으로 후회했다.

'역시 아버지는 인자하시다.'

상준은 가슴이 뻐근해 지도록 감격이 솟구쳤다. 새 학기가 닥쳐왔다. 그는 몇 날이고 몇 밤이고 속으로 궁리했다. 학업을 계속할 것인가 취직을 할 것인가 학교로 가려면 등록금이 있어야 한다.

등록금은 어디서 날 것인가. 그동안 몇 달을 김 집사가 종순이를 시켜 보내는 쌀과 김치를 받아 먹었지만 인제는 정말 염치가 없어서라도 이 이상 더 손을 내밀 수는 없다.

아무래도 취직을 해야겠다. 이것은 자신이 즐겨서 택한 가시길이 아닌

가. 상준은 일자리를 구하기로 결심했다.

벌써부터 부탁했던 취직자리가 두어 군데 될 듯 될 듯 하면서도 되지 않는 것이 안타까웠다. 영철에게 말해 놨던 미군 부대의 밤 일자리라면 지금이라도 가능하다.

'그러나…….'

상준은 노동에는 자신이 없다.

'며칠만 더 기다려 보자.'

하는 사이 또 쌀독이 비어졌다. 상준은 책꽂이에서 책을 내다 팔기 시작했다. 원가의 삼분지 일을 받으면 폭리를 남긴거나 다름이 없다.

오분의 일이 아니라 사뭇 십분의 일에 사려는 쾌씸한 상인들이 수두룩하지 않은가. 책을 팔고 오는 날이면 언제나 우울한 상준의 얼굴이다.

이런 때면 혜순은 또 속으로 조바심을 한다.

'이러고만 앉아 있을 수는 없다. 나도 무슨 장사든지 해 보아야.'

혜순은 자기가 할 수 있는 장사나 노동을 생각해 봤으나 머리에 떠오른 것은 없다. 남처럼 달러 장사라도 해보고 싶으나 재주도 없거니와 첫째 자본이 없다.

'어머니를 따라 넝마장수를 한다?'

혜순은 고개를 흔들고

'난 못 해. 죽어도 그 노릇은 못 하겠어.'

하고 손바닥으로 얼굴을 쌌다. 혜순은 자기 코에 댄 자기 손바닥에서 갑자기 노린 냄새가 난다 생각하는데 금시로 메슥메슥 속이 뒤집혀 왔다.

왈칵 마루 끝으로 나가 목구멍에 솟구치는 구토물을 토해 냈다. 저녁밥을 절반도 못 먹었는데 이튿날 아침은 두 술 뜨고 숟가락을 놓았다.

혜순은 입덧이 난 것이다. 벌써 한 생명이 뱃속에서 자라나고 있다.

이날 밤 자리에서 혜순은 남편에게 귓속질을 했다.

"우리도 아마 남의 부모가 되는가 봐요. 두 달 보이지 않더니…… 기어이 입덧이 났어요."

"……"

웬일인지 상준은 잠자코 대답이 없다. 자기의 씨가 사랑하는 아내의 몸에서 생명을 이루고 있다는 말을 듣는 상준은 마땅히 기뻐하여야 할 것인데 기쁨보다도 전신을 누르는 듯한 무거움이 휘몰아쳐 오는 것은 무슨 까닭일까.

생활에 대한 불안이 머리를 치켜드는 때문이다.

'졸업하고서 결혼하는 것인데…… 너무 일찍 서둘렀어……. 졸업장이 없기 때문에 취직도 곤란하지 않은가.'

상준은 집을 나온 후 비로소 처음 후회와 같은 것을 느끼는 것이다.

남편이 잠자코 대답이 없는 것을 볼 때 혜순은 참숯불로 얼굴을 지지는 것처럼 부끄러워졌다. 그리고 무슨 죄나 지은 것처럼 두렵기조차 하였다.

임신 이 개월째 되는 혜순의 심경은 지극히 예리한 까닭도 있겠지만 그는 기대에 어그러진 남편의 태도에 그만 설움이 복받쳐 눈물이 쏟아졌다.

혜순은 벽으로 착 돌아 누워 소리를 죽여 흑흑 느껴 운다. 상준은 혀를 차고

"왜 밤중에 울기는."

하고 홱 돌아눕는 서슬에 이불이 활랑 벗겨졌다. 혜순은 창자가 끊어지는 슬픔으로 비로소

'어머니.'

하고 맘속으로 불렀다.

'어머니 이년이 잘못했습니다. 이년은 어머니를 배반하고 나와 이렇게
도 천덕꾸러기가 됐습니다.'

아내의 우는 소리가 짜증이 나는지 상준은 벌떡 일어나서 불도 때지 않
은 건넌방으로 가버렸다.

이튿날 아침상을 받았으나 두 사람은 숟갈을 놓을 때까지 한 마디의 말
도 없었다. 남편이 장중보옥[15]처럼 아끼는 책을 팔아 쌀을 사오는 밥숟갈
이 이날 아침 유달리 목이 메여 왔다.

상준은 책꽂이에서 또 책 몇 권을 뽑아 가지고 밖으로 나갔다. 찌개를
끓이고 나물을 무치고 전과 같이 저녁이 다 됐다. 그러나 남편은 돌아오지
않는다.

'웬일일까?'

바깥이 완전히 어두워졌는데도 남편은 돌아오지 않는 것이 이상스럽다.

'설마?'

혜순은 커다랗게 고개를 흔들었다. 남편은 임신한 자기를 버리고 고깃
배를 타고 아버지를 찾아 현해탄을 건너간 것이 아닐까…….

이러한 불길한 밤이 깊어가는 대로 차츰 공포로 변하여 갔다. 열시 드
디어 통행금지 시간이 왔다. 혜순은 화로 위에서 바짝 졸아진 찌개 그릇을
내려놓고 이불을 폈다.

열한시 열두시 멀리서 야경하는 사람의 딱딱이 소리도 들려오고 이웃
집 개도 컹컹 짖는다. 또다시 죽은 듯이 고요해지는 밤의 정적이다.

---

15 손안에 있는 보옥.

혜순은 베개 위에 꼬꾸라져 울었다.

'어머니 저를 용서해 주세요. 저는 몹쓸 년입니다.'

시계가 한시를 치는 소리를 듣고 혜순은 혼곤히 깊은 잠에 빠졌다.

요란스럽게 대문을 흔드는 소리에 혜순은 잠이 깼다. 혜순은 신도 신지 않고 곤두박질로 뛰어나가 대문 빗장을 벗겼다. 대문 밖에서 으르릉 지프가 돌아간다.

"어데 갔다 인제 오세요?"

혜순은 울 듯한 소리로 이렇게 물었다.

"나간 사람을 기다린다며 그렇게 잠이 깊이 들어?"

상준의 대답은 퉁명스럽다. 혜순은 잠자코 남편의 뒤를 따라 방으로 들어와서

"당신 저녁진지는?"

하고 물었다.

"밥 주시오."

상준은 후줄근히 힘이 빠져 벽으로 기대 앉는 것이 몹시 시장해 보인다.

밥도 식고 찌개도 식었다. 혜순은 또 부엌으로 내려가 불을 지펴야 했다. 으르르 떨리는 손끝에 성냥은 몇 번이고 꺼졌다.

손안에서 더워진 숭늉과 밥을 맛있게 다 먹고 나서 비로소 상준은 부드러운 얼굴로

"나 오늘 취직했어."

하고 빙그레 웃는다.

"취직이라니요? 밤에 다니는 일에요?"

상준은 고개를 끄덕이고

"미군 부대 야간작업…… 매일 밤 여덟 시로부터 새벽 두 시 내지 세 시까지. 월급은 한 달에 한 칠천 환쯤 되고 타월이며 비누며 배급이 나오는 것을 합하면 모두 한 만 환 된다나 봐."

"월급도 많지 못한데다가 매일 밤 그렇게 피곤해서 어떻게 견뎌 나세요?"

상준은 그말 대답은 하지 않고 이불 속으로 들어가 베개 위에 귀를 대자마자 코를 골기 시작한다.

상준의 일은 매일 밤 부두에 나가서 인부가 내리고 올리는 궤짝의 개수를 헤어서 기입하는 것이다. 숫자 숫자 꼭 같은 일을 되풀이 한다는 것은 고단하기보다도 권태롭다.

육체가 피곤하기 전에 정신이 피로하여진다. 두시가 훨씬 너머 지프에 실려 집으로 돌아올 때는 문을 열기가 바쁘게 쓰러지는 것이다.

노동은 결단코 즐거운 것은 아니다. 상준에게 있어 노동은 눈물이 내릴 만큼 슬픈 일인가 하면 어떤 때는 죽어버리고 싶도록 짜증 나는 일이기도 하다. 그러나 상준은 한 달에 만 환 안팎의 돈을 벌기 위해서 기름을 짜고 피를 말려야 하는 것이다.

별이 총총 내려다보는 밤하늘을 이고 자기 집 골목을 들어설 때

'너는 누구를 위해 이처럼 수고를 해야만 하느냐?'

어디서 어머니의 목소리인 듯 점잖게 꾸짖는 음성이 들리는 것도 같다.

혜순의 배가 점점 불러온다. 태아가 자라나는 것과 함께 혜순의 얼굴에는 엷은 기미가 돋아난다.

육 개월이 접어들면서부터 눈썹도 약간 성글어지고 입술도 푸르등등 울혈[16]이 되는 것은 일기가 더워서 그런 것만은 아니다. 태아에게 빼앗기는 영양을 보충하지 못하는 어머니의 현상이다.

어쨌든 강상준의 눈에는 혜순의 모습이 점점 쇠하여가는 가을 화초처럼 매력이 줄어갔다. 뭉툭한 허리통 허리가 굵어질수록 가늘어만 가는 목덜미.

상준은 혜순에게서 눈을 돌리는 때가 늘어간다.

여름이 무르익어 장마철이 찾아왔다. 혜순의 몸에서 시큰하고 땀내가 나는 것은 상준의 눈썹을 찌푸리게 하는 일이다. 직장에서 가끔 마주치는 여자 종업원의 몸에서는 값 높은 화장품의 향기가 황홀한 매력을 귓속질하지 않는가.

달이 차갈수록 혜순의 식욕은 늘어갔다. 입이 달아서 먹는 자신은 즐거운 일이겠으나 한 그릇 밥을 덜렁 비워놓고 눈이 상글하게 매달리는 모양은 강상준의 눈에는 결단코 아름다운 경치는 아닌 것이다.

몹시 비 내리는 오후다. 영철이가 찾아왔다. 이날은 강상준은 연일 피로가 쌓여 사지가 나른하고 두통도 났다. 사는 것이 한 개의 고달픈 의무처럼 해가 지는 것은 채권자가 찾아오는 것처럼 우울하여지는 상준이다.

영철은 우산을 접고 마루로 올라서며 들고 온 수박을 내려놓고

"내일 떠나기로 하네."

불쑥 이런 말을 한다. 당황한다기보다도 차라리 처량한 눈으로 영철을 쳐다보는 혜순을 상준은

"얼른 칼을 가져와야 되잖소?"

하고 명령하는 어조가 어쩐지 거칠게 들린다.

"네 ―."

---

16 몸속 장기나 조직에 피가 모인 상태.

부엌으로 내려가는 혜순의 뒷모양을 물끄러미 바라보는 영철은 목구멍 속에서 뜨거운 것이 치미는 것 같아서 고개를 수굿이 하고

"뉴욕 ××신학교로 가네."

묻지도 않는 상준에게 영철은 이렇게 설명을 하고 혜순이가 가져오는 칼을 받아 쥔다.

수박을 쪼개려는데 혜순이가

"씻어 오겠어요."

하고 부엌으로 내려간다. 영철은 잠깐 머뭇머뭇 하다가

"자네 부인 얼굴이 왜 저렇게 상했어? 영양이 몹시 나쁜 얼굴인데."

"임신했으니까 그렇지."

상준은 심상히 대답하고

"자넨 좋겠네. 이 지옥 같은 살림살이들을 집어던지고 훨훨 날개를 펴고 태평양을 날아가다니 아아 상쾌하다."

영철은 빙그레 웃으며

"왜 자네도 가려면 벌써 반년 전에 갔을 거 아냐?"

혜순이가 수박을 쟁반에 받쳐 들고 올라왔다.

"것도 생년 생일에 외국갈 복을 타고난 사람이라야 가지 우리같이 범속한 인물이야 생각인들 낼 수가 있나?"

하고 강상준은 수르르 한숨을 쉰다. 한숨을 쉬던 얼굴을 혜순에게 돌리고 한참동안 혜순을 내려다본다.

'저 빼빼 마른 광대뼈, 저 올챙이 같은 배…… 너무나 속히 지나가버린 꿈이 아닐까. 나는 이 꿈을 위해서 너무나 큰 대가를 바친 것이 아닌가.'

이러한 상준의 기분은 전기처럼 아내 혜순의 머릿속으로 전달되었다.

혜순은 상큼한 눈을 부릅뜨고 남편 상준을 노려본다.

'누구 때문에 내가 밤중마다 일어나서 대문을 열고 밥을 짓고…… 갖은 천역을 다하면서 교회나 사회 앞에는 죄인이 되어 있고 불쌍한 우리 어머니 가슴에는 칼을 꽂아 두고.'

여기까지 생각하는데 혜순의 눈에서는 그만 눈물이 좌르르 흘러내린다.

10회

혜순의 눈에서 눈물이 좌르르 흘러내리는 것을 보는 강상준은 금시로 눈썹이 꼿꼿하게 일어섰다.

눈썹이 일어선 채로 혜순을 한참 쏘아볼 동안 상준의 뺨은 제법 파랗게 질렸다. 혜순은 손바닥으로 눈언저리를 가리었으나 어깨가 자꾸만 들먹이고 목구멍에서 꼴깍하는 소리가 나서 자리에서 부스스 일어나서 부엌으로 내려가 버렸다.

강상준은 쓰디쓰게 웃고 나서

"수박 들게…… 여인의 신경질은 '이브' 때부터의 유전인 모양이지?"

아내의 눈물 흘리는 모습을 이런 말로 일소에 부치려 했으나 상준은 좀처럼 얼굴의 표정이 부드러워지지 않는 것이 딱하기도 했다.

'하필 오늘 영철 군 앞에서 눈물을 흘리다니? 다른 사람도 아닌 유영철 앞에서…….'

혜순의 사랑을 경쟁하던 영철 앞에 눈물을 보이는 것은 자기라는 남편 강상준과의 결혼 생활이 불행하다는 것을 하소연 한다는 것밖에 아무 것도 아니다.

상준은 되도록 태연스럽게 영철과 두어 마디 이야기를 건넸으나 아내에게 대한 괘씸한 생각이 쉽사리 가시어지지는 않는다.

유영철은 혜순의 눈물을 보거나 상준의 태도를 보거나 자기가 기대하고 있던 속칭 '스위트 홈'이 아닌 것을 짐작하고 어떤 안도감 비슷한 마음의 여유를 느끼며 깊숙이 한숨을 삼켰다.

영철은 상준이가 권하는 대로 수박을 한쪽 집어 들며

"미세스 강 나오세요. 같이 드십시다."

하고 부엌 쪽으로 얼굴을 돌이켰으나 부엌에는 아무도 보이지 않는다.

"?"

유영철이가 눈으로 부엌을 가리켰다.

상준은 고무신을 질질 끌고 부엌을 들여다보더니 장독대로 통하는 뒷문으로 나간다. 혜순이가 장독대에 고개를 대고 울고 있는 것이 보이고 상준이가 혜순의 어깨를 흔드는 것도 보인다. 영철은 미소를 머금고 부엌 뒷문을 내다보고 앉았는데 별안간 딱 하는 소리가 나고 혜순이가 손바닥으로 뺨을 만지며

"왜 때려요?"

하고 나직이 반항하는 소리가 들린다.

두 번째 손이 올라가는 것을 보자 영철은 신발도 신지 않고 부엌으로 뛰어내려가 뒷문으로 나가며

"자네 야만 행동 하는군."

하고 상준의 덜미를 왈칵 잡아 당겼다.

혜순의 울음소리가 약간 높아졌다.

상준은 씩 웃고 영철에게 덜미를 잡힌 채 마루로 나왔다.

"그럼 잘들 계시게. 나 한 삼 년 후에 돌아올 예정이네."

영철은 우산을 집어 들고 일어선다. 상준은 잠자코 한 말도 하지 않았

다. 비가 그쳤으나 마당은 흥건히 물이 고여 있다.

첨벙첨벙 물을 밟고 대문으로 나가는 영철의 뒷모양을 우두커니 보고 앉았던 상준은 팔을 뻗어 기지개를 하고 방으로 훌쩍 들어가 책상 위에서 무슨 책인지 펴서 두어 줄 읽어 보다가 재미없는지 아무렇게나 덮어 버리고 방 한가운데 벌떡 일어섰다.

노타이를 털어 입고 바지를 갈아입고 삐뚤게 뒤축이 닳아진 미군화를 신고 상준은 대문을 소리가 나게 열어젖히고 거리로 나가버렸다.

해가 서산으로 기울어지는 무렵 혜순은 쌀바가지를 들고 쌀을 씻었다. 남편에게서 뺨을 맞은 것을 생각하면 한 달이고 일 년이고 남편과 입을 섞어 말을 할 것 같지도 않지만 지금쯤 남편은 자기 뺨을 친 것이 오직이나 괴롭게 생각이 되랴. 혜순은 남편이 불쌍하기도 하고 어느 면 애처로운 생각까지도 들어 그는 얼마 되지 않은 돈을 가지고 시장으로 갔다.

고기도 한 근 사고 싱싱한 광어도 작은 놈으로 한 마리 골라왔다. 국이 끓고 장조림이 다 되어갈 무렵 혜순은 화단에서 다알리아를 두 송이 꺾어 커피 깡통에 꽂고 밥상에는 세탁한 보자를 폈다.

빨아 다린 적삼으로 갈아입고 행주치마도 새것으로 입고 얼굴에는 크림도 발랐다. 그러나 상준은 완전히 어두워진 뒤에도 집으로 돌아오지 않았다.

여덟 시가 지나고 아홉 시가 될 때에 혜순은 속이 쓰려 밥을 먹기로 했다. 김치만 해서 밥 한 그릇을 다 비우고 고깃국이랑 광어 조림은 남편과 함께 먹기로 손도 대지 않았다.

열 시 통행금지 시간이 되었다. 오늘은 일하러 가는 날이 아닌 때문에 일터로 갈 까닭도 없다. 혜순의 불안이 드디어 공포로 변하려는 열 시 십

분 남편이 돌아왔다.

홀쩍 끼치는 술 냄새! 벌겋게 취한 얼굴이 씩 웃는 것을 쳐다보는 혜순은 가슴이 철렁 내려앉았다.

"당신 술 마셨소?"

혜순의 목소리는 뾰족해졌다.

"마셨어 위스키……. 왜 나뻐?"

상준은 마루 끝에 걸터앉아 신을 벗고 다리를 쭉 뻗고 앉아 부채를 집어 활랑활랑 가슴팍을 부친다.

"진지 잡수셔야지."

하고 혜순이가 부엌으로 내려가려니까

"아니 먹고 들어왔어. 아주 하이카라 저녁밥을 먹었어."

혜순은 잠자코 남편의 얼굴을 쳐다보다가

"어느 친구가 대접 합디까?"

"오브 코어스. 돈도 있고 마음씨도 착한 나의 친구가 오늘 저녁 양식을 한 턱 했단 말야."

상준은 빙글빙글 웃고 모기장을 들치고 들어간다. 베개를 베자마자 드르렁드르렁 코를 고는 것이 몹시 취한 모양이다.

사흘이 지나갔다. 혜순은 빨래를 빨고 있는데 낯선 사내아이가 커다란 상자를 들고 들어왔다. 아이가 들어오는 것과 함께 오정 사이렌이 길게 운다.

"이거 강 선생님께 드리라는 거야요."

하고 열세 살쯤 나는 총명하게 생긴 사내는 상자를 마루위에 놓고 뒤도 돌아보지 않고 나가버렸다.

혜순이가 물 묻은 손을 닦고 상자를 열어보니 눈과 같이 흰 나일론 와이셔츠다. 상자 안에 조그마한 종이에 글자가 쓰여 있다.

'짐작으로 골랐는데요 '인치'가 맞을는지요. 안 맞으시면 바꾸도록 상점에다 다짐을 두고 왔어요. 내일 말씀해 주세요. 네? N.'

비록 짧은 문장이나 이것은 여자의 글이라는 것을 알아냈다. 말의 사구가 분명 여인의 수법이기 때문이다.

혜순은 부들부들 떨리는 손으로 와이셔츠 상자를 방으로 들여놓았다.

저녁 때 상준이가 들어왔다.

"당신 친구에게서 프레젠트가 왔어요."

하고 혜순은 상자를 남편 앞으로 내밀며

"N이 누구에요 N이?"

얼굴이 화끈 붉어지는 남편의 얼굴을 보고 혜순은 가슴이 무너지는 듯하였다.

상준은 상자를 한쪽으로 밀치며

"같은 직장에서 일하는 친구야."

하고 아내에게서 시선을 돌린다.

"여자죠?"

하고 혜순이가 똑바로 남편을 쳐다보았다.

"아니."

한 마디 하고 얼굴을 숙이는 남편의 귓바퀴가 타는 듯 붉어지는 것이 혜순의 가슴을 칼로 찢는 듯 아프게 한다.

혜순의 마음속에 적막한 동굴이 생겨나기 전에 벌써 상준의 가슴에는 자기 힘으로는 메울 수 없는 커다란 동굴이 입을 벌리기 시작하였다.

'공연히 결혼을 한 게 아닌가?'

하고 자기 혼자서 후회하기 시작하는 상준이다.

　'차라리 애경이와 함께 미국으로 나갔더라면⋯⋯.'

하는 생각도 바람처럼 귓가를 스쳐가기도 한다. 그럴 때 마다 상준은 고개를 설레설레 흔들고 그 키가 작디작은 애경이와 알맞은 키에 향기로운 백합 같던 혜순을 비교해 보고 맘속으로 얼굴을 붉히는 것이다.

　'권태기가 너무도 일찍이 찾아왔나 보다.'

　세상에서 흔히들 말하는 신혼생활이 날이 갈수록 달콤한 꿈이 사라지고 괴로운 현실과 맞서는 때는 사랑도 식어진다 한다.

　현실과 맞선다는 것은 상준에게는 한 개 통쾌한 모험 같이도 생각한 때도 있었다. 혜순이와 사랑을 속삭일 때 더욱이 유영철과 혜순의 사랑을 경쟁할 때 상준은 혜순만 자기 아내로 데려온다면 이 세상의 모든 행복을 자기 혼자만 차지하는 것으로 믿은 때가 있었던 것이다.

　그러나 현실은 그렇게 만만한 것은 아니었다. 날마다 생활하여 간다는 것은 생활하기 위해서 쌀을 사고 찬거리를 장만하기 위해서 서투른 노동을 한다는 사실은 강상준에게 있어서는 한 개의 무거운 십자가가 되어버린 것이다.

　생활의 쓴맛이 사랑의 단맛보다 더 강할 때는 사랑의 행복보다 생활의 불행이 더 큰 것을 상준은 비로소 깨닫게 되는 것이다.

　아버지 어머니가 떠받들어주는 환경 속에서 책가방 들고 학교에 가는 그 세월 속에서 바라보던 현실은 이런 것은 아니었던 것이다.

　좀 더 사는 보람이 있고 대장부다운 기상으로 사랑하는 처녀 그가 가난하기 때문에 더 가치 있게 보였던 혜순을 아내로 삼는다는 것은 자신이 한 개 영웅적 비약을 하는 것으로 생각했던 것이 아닌가.

이러한 상준은 엄청난 자기 오산에 스스로 놀라고 또 절망하기 시작한 것이다.

이러한 절망의 기분은 혜순에게도 짐작이 되었다. 남편은 사소한 일에 곧잘 성을 내는가 하면 눈에 띠게 자기를 천대하는 것이다.

멸시라 할까 모욕이라 할까 날이 가면 갈수록 혜순은 노엽고 분하고 아니꼽기까지 하였으나 그렇다고 자기 어머니에게로 갈 수는 없는 것이다.

남달리 삐뚤어진 결혼을 한 이상 죽더라도 어머니 앞에 불행을 하소연하고 싶지는 않다. 인왕산 같이 불러오는 배를 안고 바람만 세게 불어도 똑 떨어질 것 같은 가는 모가지에 성글디 성근 눈썹하며 이마며 코언저리에 검붉게 돋아나는 기미.

혜순은 날마다 허물어져가는 자신의 미모를 어떻게 붙들어볼 도리도 없이 그저 죄인처럼 남편의 기색을 살피고 노예와 같이 밤 두시에 일어나 남편의 조반을 짓고 하루 종일 이런 저런 잡역에 쪼들려가는 것이다.

여름도 지나고 가을이 접어들었다. 혜순의 태아가 세상으로 나올 날도 불원한 어느 날, 혜순은 융으로 갓난 애기의 옷을 만들고 가제를 구해서 애기의 기저귀를 만들었다.

이날은 유난히 아침부터 몸이 괴로웠다. 허리가 결리는 것을 느끼면서 종일 바느질을 한 까닭인지 이날 새벽 남편이 돌아올 임시해서 일어나는 시간을 지나쳐 자 버렸다.

뿡뿡 잠결에 지프차의 경적 소리를 어렴풋이 듣고 무거운 몸을 겨우 일으켜 대문 고리를 벗겼을 때는 대문 밖에는 지프는 있지 않았다.

"여보!"

혜순은 어둠을 향하여 두어 번 소리를 쳤으나 벌써 가버린 남편은 대답할 까닭이 없다. 이튿날도 혜순은 허리가 결리고 가끔 배도 아파왔다.

저녁때에 사내아이가 왔다. 일전에 나일론 와이셔츠를 가져왔던 그 총명스럽게 생긴 사내아이다.

착 착 접은 편지를 마루 끝에 두고 가버렸다. 혜순은 불안한 기분으로 종이를 폈다.

'몹시 고단한 듯 경적을 오 분 동안이나 울렸지만 당신이 나오지 않았소. 한 사흘 마음 놓고 푹 잘 수 있도록 나는 요 몇 날 밖에서 잘 터이니 기다리지 마시오. 상준.'

혜순의 눈앞에는 나일론 와이셔츠를 선물 보낸 그 N이란 사람의 얼굴이 떠올랐다. 그것은 물론 화려하게 파마한 여자의 얼굴이다.

고급 화장품을 사용하고 몸에 맞는 양장을 하고 항시 눈웃음을 짓는 어느 점 창부형의 여인이 아닐까?

'그 여인의 집에서 그 여인과 같이 자는 것이 아닐까?'

결단코 본의가 아닌 자기의 일시적 태만이 남편으로 하여금 공공연하게 외박할 구실을 주었다는 것을 생각하면 오히려 오고야말 사실이 오늘에 왔다는 것밖에 아무것도 아닌 것이다.

'내가 너무 경솔했어.'

혜순은 두 손바닥으로 얼굴을 싸고 꼬꾸라져 울었다.

'어머니! 이년은 이렇게 벌을 받아야 마땅합니다.'

혜순을 얼굴에서 손바닥을 떼고 벌떡 일어나 앉았다. 칼로 쑤시듯 배가 아파오는 때문이다. 불 꼬챙이로 옆구리를 쑤시는가 하면 창끝으로 배꼽 아래를 휘적휘적 내두르는 것 같다.

"아고— 배 아파."

혜순은 손바닥에 홍건히 고이는 땀을 허리에 문지르며

"엄마…… 어떡하면 좋아?"

혜순은 갓난 애기의 옷과 기저귀가 싸인 보자기를 들고 길로 뛰어나왔다.

거리로 나와 빈 택시를 붙들어 올라탔다. 택시가 용두산 비탈 김 집사 집 근처 편편한 언덕바지로 올라갈 때 혜순은 속고의가 홍건히 젖어왔다.

허리가 방금 끊어지는가 하면 눈앞에는 시퍼런 불덩이가 굴러다니는 듯 혜순은 눈이 캄캄하여졌다.

김 집사 집 적은 문은 참따랗게 잠겨있는 것을 보면 어머니나 종순이가 돌아올 시각이 되지 못한 모양이다.

혜순은 절체절명에 빠졌다. 젖 먹던 힘을 다해서 잠긴 문을 비틀어 보았다. 꼼짝도 아니한다. 혜순은 길바닥을 살펴보고 주먹 만한 돌을 한 개 집어 왔다.

자물쇠를 마구 두들겼다.

"아니 언니 왜 그러우."

하고 소리를 치는 것은 분명 종순의 목소리다. 혜순은 한 마디도 못하고 연신 돌멩이로 문만 두들긴다.

"가만 있어요. 내 지금 열게."

종순이가 문을 여는 시각이 일분도 못 되었으나 혜순에게는 천 년처럼 지루하였다.

"종순아 가서 어머니 데려와."

혜순은 방바닥에 쓰러졌다. 그리고 시간이 얼마나 갔는지 혜순이가 정신이 돌아왔을 때는 자기 옆에 어머니가 앉아 있다.

"어머니."

혜순은 어머니의 무릎에 고개를 파묻었다. 그리고 혜순은 소리를 내어 울었다. 배가 아파서 우는 것이었다. 그러나 배 아닌 마음이 좀 더 심각하게 아픈 혜순이다.

"어머니 전 죽어요."

하고 이를 바드득 가는 순간

"으아."

하고 어린 생명이 뛰쳐나왔다.

"얘 사나이로다. 강상준이 장자 잘났다."

김 집사는 가위로 애기의 탯줄을 끊어 아랫목에 누이고 방글방글 웃는 것이 매우 만족한 모양이다.

상준은 혜순에게 족자를 보내고 나서 N의 건넌방에서 이틀 밤을 묵었다. N은 본명이 남숙자. 모 여자대학 영문과를 중도에 나온 금년 스물세 살 나는 미혼한 처녀이다.

얼굴은 그리 미인이라 할 것이 없으되 남숙자는 항시 명랑하였다. 잘록한 허리에 알맞게 피어난 엉덩이, 흐뭇이 부풀어 오른 앞가슴이 쪽 바른 두 다리로 떠받아 주는, 때로 신선한 생선처럼 활발하고 생기 있는 처녀다.

임신으로 파리하여진 혜순이 모습에 비하면 시들어진 과일과 갓 피어나는 장미와도 같다.

이 남숙자가 무슨 까닭인지 강상준에게 호의를 보이기 시작한 것은 지금부터 약 한 달 전, 와이셔츠를 선물로 보내기 전에도 차를 사는가 하면 때로는 점심도 사고.

상준과 같은 직장에 상준보다 석 달 앞서 들어온 관계로 부두 노동의 미군과의 인사 관계를 비교적 세밀하게 또 원만하게 진행하고 있다.

영어 회화도 무식을 면한 정도요 가끔 콧노래로 노래를 부를 때는

"야 코리안 카나리아."

하고 미군들이 박수를 보낼 만큼 목소리가 세련되어 있다.

상준은 처음 남숙자와 별 흥미가 없었으나 이야기도 하고 같이 차도 마셨다. 그러나

"어제는 왜 늦었어요. 어디가 편찮으신가 하고 무척 걱정했었어요."

하고 미간을 찌푸리며 방긋이 웃는 때 상준의 얼굴은 약간 붉어져 왔다. 하루 이틀 날이 갈수록 상준은 직장에 나가는 것은 일을 하기 위함 보담도 숙자를 만나려 가는 것처럼 그의 마음에는 남숙자가 커다란 자리를 점령하게 된 것이다.

간밤에도 숙자의 건넌방에서 상준은 잠을 잔 것은 아니었다. 끝없는 이야기를 하는가 하면 숙자 어머니가 들여 보내준 구운 고기며 따끈한 정종하며 먹고 마시고 이야기하고 그러는 동안 날이 세고.

날이 밝았으나 상준은 자기 집으로 가지는 않았다. 아니 갈 수가 없었다. 숙자가 붙드는가 하면 숙자 어머니가 문을 막고 숙자의 동생 열세 살난 소년은 상준의 구두를 감추고.

상준은 못 이기는 채 하고 건넌방에 비스듬히 누워버렸다. 차며 과자며 국수며 밥이며 온종일 상준은 음식에 파묻히는가 하면 숙자네 식구들의 친절에 파묻혔다.

상준은 혜순이와 사귈 때 단 한 번도 경험하지 못하던 호강을 마음속 깊이 음미하면서

'이래야만 되는 거야. 이게 교제하는 보람이야.'

상준은 항시 죄인처럼 김 집사 앞에서 기를 펴지 못하고 음식의 대접은

커녕 밤낮 싫은 소리만 듣던 때를 생각하면 진절머리가 치미는 것이었다.

이렇게 먹고 마시고 이야기하고 노래하고 그리고 트럼프며 화투며 숙자네 가족과 어울려 시간 가는 줄 모르게 사흘을 보냈다.

직장에서 자기 집으로 가지 않고 숙자네 집으로 가는 것은 지옥에서 극락으로 이전하는 쾌락을 감각하는 것이었다.

그러나 사흘 동안의 방종하리 만큼 궤도를 벗어난 쾌락은 상준의 몸에 엷은 피로를 가져왔다. 피로는 항시 반성과 후회를 가져오는 것이었다.

상준은 집에 혼자 남아 있을 아내가 생각났다. 그는 사흘 만에 집으로 돌아왔다. 밤 두시가 넘은 심야에 지프차의 경적이 몇 번이고 길게 울었으나 자기 집 대문에서는 아무도 내다보는 이가 없다.

"우리 집으로 가세요."

하고 같이 타고 온 남숙자가 상준의 어깨를 잡아 흔들었으나

"나 집에 좀 들어가 봐야겠어요."

대문을 밀어보니 물론 잠겨 있지 않다. 상준은 가슴이 덜컥 내려앉았다. 마당으로 들어갔다. 방에는 등불이 켜 있다. 드르렁 문을 열었다.

방에 누워 있는 사람이 있다. 아내 혜순은 아니다. 한 번도 보지 못하던 사나이가 아랫목에 누워 있다가 부스스 일어나 앉는다.

"당신 누구요?"

상준은 성난 소리로 물었다.

"당신이야 말로 누구요?"

아랫목에 누웠던 남자는 중년이 넘은 몸집이 실팍한 얼굴빛이 검고 목소리가 쉰 듯하나 눈에 정기가 있어 무척 건강해 보인다.

"나는 이집 주인이외다."

"그럼 혜순의 남편이로군."

하고 말투가 약간 거만하다.

"네 그렸소외다. 당신은?"

강상준은 한 옆에 앉으며 이 낯선 침입자의 정체를 알고저 한다.

"나? 나는 혜순의 아버지야."

"······."

상준은 한참을 앉았다가

"일본서 언제 나오셨습니까?"

하고 그제야 단정히 꿇어 앉았다.

"내가 혜순의 아버진 줄 알면 인사부터 해야지 언제 나온 것부터 묻는다면 자네는 무슨 형사인가?"

혜순의 아버지의 목소리는 천장에 찌르릉 울린다. 상준은 일어서서 한국식 절을 하고

"원로에 오시느라고 수고하셨습니다."

"으음 자네는 만삭한 아내를 두고 사흘씩이나 집을 비우다니 도대체 그게 사람의 도리란 말인가."

"······."

"나는 바로 자네 장자가 탄생하는 날 이곳엘 왔네. 자네 집이 비었다고 혜순이가 자꾸만 집을 지켜 달라 해서 여기 왔다마는 어디 그런 법이 있어 응?"

혜순의 아버지의 눈에서는 만만치 않은 노여움이 쏟아져 나오는가 하면 굵직한 손가락을 모아 쥔 주먹이 부르르 떨린다. 상준은 당장에라도 주먹이 날아올 것 같아서

"자세한 사정은 차차 말씀 드리겠습니다만 그저 제가 만사에 불민한 탓

이 올시다······ 산모는 경과가······."

상준은 말끝을 흐렸다.

"모자 다 건강하다."

혜순 아버지는 주머니에서 담배 '아사히'를 꺼내 불을 붙여 한 모금 빨고 나서

"자네를 대하자마자 이런 말 하는 건 무엇 하네만······ 자네 혜순에게 대한 애정이 없어진 것 아닌가? 그렇다면 나는 내 딸을 찾아 갈 테니 자네는 자네 아들을 찾아 가게."

이 한 마디는 상준의 고막을 뚫는 송곳처럼 아프고 또 놀랍게 들렸다.

"그 그럴 수야 있겠습니까?"

하고 상준은 얼굴이 파래졌다.

"아니 방금 순산할 아내를 두고 사흘씩 나가서 돌아오지 않는 사내에게 딸자식 맡길 마음 없다. 잘 생각하고 똑똑히 대답해."

11회

강상준은 뜻밖에 나타난 혜순의 아버지라는 영감쟁이의 공갈 같기도 하고 위협 같기도 한 꾸지람이 어지간히 불쾌하여졌다.

'혜순의 아버지라면 왜 자기는 오 년간이나 일본에서 돌아올 줄 몰랐던고?'

이런 생각이 머릿속을 배회하기 시작하자 상준의 얼굴빛은 약간 딱딱하여졌다. 혜순의 아버지는 이러한 상준의 기분을 짐작하는지

"하기야 나도 오 년간 가족을 떠나 해외로 돌아 당기다가 왔지. 그러나 놀러간 것은 아니야. 더구나 가족이 보기 싫어서 간 것은 아니야. 돈을 벌러 갔던 거야. 가족을 좀 더 잘 먹이고 따뜻하게 입혀주기 위해 돈을 벌러 갔던 거야."

"……."

잠자코 앉았는 강상준의 눈썹 사이에 두어 오라기 가는 주름살이 잡힌다.

"자네 내 말에 대한 불평이 있구나. 내 말이 자네 비위에 맞지 않나 보지? 좋다 더욱 잘 됐다. 자네 같은 버르장이 없는 젊은 놈들이 있기 때문에 오늘의 대한민국의 풍기가 문란해지는 거야."

혜순의 아버지는 커다랗게 눈을 부릅뜨고

"나도 다 들었어. 밖에 앉았어도 이 나라 젊은 애들이 뭣을 하고 뭣을 생각하는 것쯤 들려오는 소문이 있었어. 민주주의라는 설익은 살구를 먹

고 물똥질하는 애들이 절반 넘다는 것…… 자네도 그 한 사람이야 분명."

혜순의 아버지는 지긋지긋 상준을 노려보며

"둘이서 뜻이 맞아 부모의 승낙도 없이 목사 앞에서 예식을 이룰 때는 언제고 일 년이 채 못 가서 만삭된 아내를 내버리고 사흘씩이나 나돌아 당기고…… 그게 소위 교육받았다는 인간으로서 할 일이야? 사람이 아니고 짐승이 새끼를 뱄다 해도 새끼가 나올 무렵이면 자주 외양간을 들여다보는 법이야."

"……."

듣고 보니 혜순의 아버지의 말은 옳은 말이다. 상준은 대답할 말이 없어 수긋이 고개를 숙이고 앉았다. 잠자코 수긋이 앉아 있는 상준의 몰골이 또 혜순의 아버지의 부화를 터트렸는지

"혜순이는 자네 아내가 되기 전에 나의 딸이야. 소중한 나의 장녀야. 자네 같이 경박한 사내에게 맡겨서 천대받게 할 자식이 아니야."

어느새 혜순의 아버지의 솥뚜껑 같은 손이 상준의 멱살을 잡았다.

"이놈의 새끼 이 버르장이 없는 놈의 새끼. 어른이 말을 하는데 눈살만 찌푸리고 앉았으니 어쩌잔 말이냐."

상준의 모가지가 몇 번이나 앞뒤로 건들건들 했다.

"자 잘못했습니다. 앞으로는 친절한 남편이 되겠습니다."

상준은 이 밤중에 나타난 한 번도 보지 못한 영감쟁이에게서 매를 맞기는 싫었다. 그보다도 따지고 보면 어디까지나 자신이 잘못한 일이다.

"순산 날을 잘못 계산했기 때문에 실수를 한 것입니다. 적어도 이달 그믐인 줄 알았습니다. 계산보다 한 열흘 일찍 난 셈이죠."

영감쟁이의 손이 수르르 풀리는 것과 함께 푹하고 커다란 한숨이 들려온다.

장인 영감은 '아사히' 한 개를 뽑아 입에 문다.

"나도 기독교 교인으로서 담배를 피운다는 것은 잘 하는 일은 아니야……."

장인 영감은 불을 붙여 연기를 깊숙이 한 모금 빨고 나서

"담배뿐인가 때로는 술도 한 잔씩 하는데 이것은 더욱 잘못이야. 경건한 신자로서는 할 수 없는 일이야. 그러나 하느님은 나의 마음을 잘 아실 거야. 나는 방탕한 마음으로 술과 담배를 배운 것은 아니야."

장인 영감이 콧구멍으로 연기를 풀썩풀썩 뽑아내며 나직한 목소리로

"가족이 몹시 그리울 때, 고향의 골목길이 눈앞에 아른거릴 때, 한 잔 술로써 슬픔을 달래 보았던 거야. 목적한 일이 자꾸만 비뚤어져만 갈 때, 나는 속이 타들어가는 안타까움을 연기와 함께 후욱 하고 허공에 뿜어 버리기도 했어. 담배는 화객에게는 가장 좋은 위안품이라는 것을 배웠어. 그럴 때 왜 담배를 피지 말고 기도를 올리지 않았나 하고 따진다면 나는 또 할 말은 없어. 그러나 사람은 용서하지 않더라도 하나님은 용서 하실 거야."

혜순의 아버지는 목소리를 훨씬 부드럽게

"자네도 사흘 밤 외박한 것을 하나님이 용서 하실 수 있는 일이라면 나는 또 자네를 더 책망할 수는 없네. 내 눈에 자네가 패덕한으로 보이지마는 자네 마음속에는 또 절실한 사정이 있어. 하나님의 동정을 받을 만한 일이라면 또 어쩌는 수도 없는 거야."

상준의 눈에서 핑그르르 눈물이 돌았다.

"잘못했습니다."

상준은 진심에서 우러나오는 목소리로

"그런 절실한 문제도 아닙니다. 순전히 제가 불민하고 경박해서 그런

것이었습니다. 이번에 혜순이에게 대한 실수를 저 자신 부끄럽게 생각합니다. 용서해 주십시오."

혜순의 아버지는 고개를 끄덕끄덕 하고

"그쯤 뉘우치면 되는 거야. 사람이란 실수가 없으란 법이 없으니…… 깨닫고 보면 다 귀한 교훈이 되는 거야……. 자 나도 싫은 소리 그만하겠으니 임자도 곤한데 그만 자기로 하지."

하고 영감이 먼저 눕는다. 불을 끄고 상준이도 멀찍이 윗목에 누었으나 도무지 잠이 오지 않는다. 새로 탄생한 아들이 도대체 어떤 얼굴을 하고 났을까 호기심이 괴어 있는 상준의 눈시울에 책가방을 짊어진 초등학교 일 학년짜리가 나타나는가 하면 대학을 다니는 의젓한 청년의 모습도 보인다.

그러다가 군복을 하고 엠완 총을 걸머진 군인의 모습이 나타나자 상준은 어둠 속에서 커다랗게 한숨을 쉬고 돌아 누웠다.

먼동이 틀 무렵에야 상준은 혼곤히 잠이 들었다. 그러나 이 잠도 곧 깨야만 했다. 장인 영감의 대문을 여는 소리에 눈이 뜨인 것이다.

훤히 날이 밝았다. 장인 영감을 따라 상준은 부랴부랴 큰 길로 따라 나섰다. 용두산 비탈 판잣집에는 부엌에서 김 집사가 국을 끓일 미역을 빨고 종순이는 애기의 기저귀를 주무르고 있다.

"아아니 강상준의 장자가 누구를 닮았나 보시게."

하는 김 집사는 참을 수 없는 기쁨의 얼굴이다. 사실 김 집사는 외손자가 생긴 위에 오래 기다리고 바라던 남편이 성한 몸으로 돌아온 지라 김 집사의 기쁨은 이중삼중의 기쁨이 아닐 수 없다.

종순은 입을 삐쭉하고

"장자가 세상에 태어나서 여태껏 아버지를 못 봤다고 빽빽 울고 있답니다."

하고 뺑 돌아서서 혀를 날름한다. 상준은 머리를 긁적긁적 하고 방문을 열었다. 뭉클하고 끼치는 내음, 산실 독특의 비리비리 하고 무더운 공기가 홀쩍 상준의 얼굴에 끼친다.

"오셨어요?"

혜순이가 보시시 일어나 앉는다. 불과 사흘 아니 나흘 동안 혜순의 얼굴은 몰라 보리 만큼 달라졌다. 덩그러니 매달린 눈, 푹 꺼진 눈두덩이 팽팽하게 살이 메꾸어 졌는가 하면 똑 떨어질 것만 같은 모가지가 턱 아래가 뿌듯이 본래의 모가지로 돌아왔다.

산더미 같은 배가 푹 들어간데 비해 가슴은 앞섶이 집혀지도록 불러 있고. 이것은 평소에 상준의 희망한 포즈가 아닌가.

산후에 부은 살이 대개로 그대로 살이 되는 것인데 혜순의 경우에도 그러한 것이다. 잘 먹고 잘 자고 혜순의 건강은 불과 수일에 눈에 뜨이게 회복한 것이다. 상준은 혜순을 손을 쥐고

"수고했소."

하고 한 팔로 혜순의 어깨를 안았다.

"죽을 뻔 했어요."

혜순은 눈물어린 눈으로 상준을 쳐다보고

"당신의 친구라는 사람 염치없는 사람이야요. 당신을 몇 날이나 붙들어 놓고."

"내가 못 나서 그랬지 용서하세요, 혜순 씨."

상준은 진정 혜순이가 불쌍해졌다. 혜순은 목 메인 소리로

"애기 낳고 죽어버리려고 했어요. 그래도요 이 어린 생명을 두고 죽진 못 하겠어요. 어떤 일이 있어도 이 아이를 위해서 참기로 했어요."

혜순은 손바닥으로 눈물을 씻고

"보세요 이 아이 당신 사진이라고 그러지 않아요."

상준은 눈을 꼭 감고 있는 빠알간 어린 것을 들여다보았다. 작디작은 이마를 덮은 새카만 머리칼이 어쩌면 이렇게도 기름이 조르르 흐를까. 상준은 가슴이 뻐근하도록 감격이 치밀어 올랐다.

한 말로 하면 어린 것에 대한 견딜 수 없는 측은한 생각이다.

'이 작은 생명을 위하여.'

상준은 생명을 버려도 아깝지 않을 만한 애틋한 사랑이 샘물처럼 가슴에서 솟아나는 것을 느꼈다.

"혜순 씨 이 아이를 위해서 우리 희생합시다. 당신은 좋은 어머니로 나는 또 좋은 아버지로."

"네."

혜순은 상준의 가슴에 폭 안기며

"좋은 남편도 돼 주세요. 그래야만 나도 좋은 어머니가 되지 않겠어요?"

상준은 잠자코 으스러지라고 혜순의 어깨를 부둥켜안았다. 타오르는 사랑이 아니라 생명과 생명이 서로 얽히고 혈관 속으로 스며드는 피와 피가 맺혀지는 사랑이다.

"나는 지금부터 땅바닥에다 발을 꽉 딛고 살겠어요."

상준은 혜순의 귀에 소곤거리는 것이다. 아내와 남편의 손과 손은 굳게 쥐여졌다.

그리고 일주일이 지나갔다. 상준은 날과 밤이 씩씩한 생의 투쟁으로 전개되어 왔다. 자신의 생명인 어린 것을 위해 또 이 어린 것을 품고 있는 혜순이를 위해 그는 어떤 수고라도 겁낼 것이 없었다.

상준은 비로소 인생으로서 한 사람 몫의 체험을 완전히 맛보는 것이다. 내일이면 혜순이가 어린 것을 데리고 영주동 자기 집으로 돌아올 것이다.

상준은 집안을 말짱히 소제를 하였다. 걸레를 정하게 빨아 구석구석 닦아냈다. 불을 지펴 방도 뜨뜻하고 물을 길어 항아리를 채웠다. 오늘 하룻밤만 장인 영감이 와서 주무시면 된다.

독을 채우고 남은 물을 뜰에 뿌리고 있을 때다. 대문이 삐걱 열리고 종순이가 들어온다. 간장을 담은 유리병을 마루로 내려놓으며

"손님 오셨어요."

하고 생긋이 웃는다. 종순의 뒤에 서 있는 사람 그는 뜻밖에도 남숙자가 아닌가. 숙자는 부끄러운 듯 종순의 어깨 너머로 빼꼼히 눈을 내밀고 웃는다.

"웬일이오?"

상준의 목소리는 체하듯 찌부둥하다.

"애기 나셨다구요."

남숙자는 종순의 뒤에서 앞으로 나오며

"생남 하셨다면서요? 그래서 축하드리려 왔어요.

"……."

상준은 얼른 대답이 나오지 않았다.

그보다도 종순이가 어떻게 생각하고 있나 싶어 종순의 눈을 살짝 살피는 것이다. 종순은 언제 돌아갔는지 그림자도 없다. 상준은 속으로 혀를 차고 뿌리던 물을 이리저리 마주 뿌리기도 한다.

남숙자는 눈을 떨어뜨리고 가져온 꾸러미를 마루 끝에 놓고 꾸러미 곁에 걸터앉아 발끝을 알랑알랑 놀리면서 박자를 맞추어 콧노래를 부른다.

"오 스잔나 돈츄 크라이 포미."

상준은 물을 다 뿌려놓고 이번에는 대야에 물을 떠서 세수를 시작한다.

세수를 마칠 동안 숙자는 또 다른 '재즈송'을 두어 개 부르고 나서

"왜요? 저 찾아온 것 귀찮으세요?"

남숙자는 텅빈 방을 들여다보면서 자신있는 어조다.

"아니 뭐 그럴 것도 없지만."

상준은 타월로 얼굴을 씻고 돌아서서 거울을 들여다본다.

"그럼 왜 우울한 얼굴을 하시는 거에요?"

"피로해서 그런가 봐요."

"네 '베리 쏘린'데요. 그리고 이건 내가 드리는 '프레센트'는 아닙니다. 어떤 분의 심부름이에요."

"어떤 분이라니?"

강상준은 머리에 빗질을 하며 약간 통명한 얼굴로 물었다. 그러나 얼굴은 목소리와 반대로 웃고 있지 않은가.

"일부러 반갑지 않은 표정 하신데도 소용 없어요. 마음속으로는 무척 반가우시면서."

상준은 참으려던 웃음이 기어이 터지고야 말았다.

"미스 남은 어떻게 저렇게 명랑할까 참 부럽다니까…… 누가 보낸 선물이지요?"

"몰라요 알아 맞혀 보세요……."

하고 남숙자는 발딱 일어섰다.

"왜 벌써 가시려구요?"

남숙자는 그 말 대답은 하지 않고

"오 스산나 돈츄 크라이 포미."

를 부르며 탭댄스를 하다가 빙그르 두어 번 맴을 돌고 그대로 대문 밖으로
나가 버렸다.

'총명한 여자야.'

상준은 혼자서 빙긋이 웃는데

"굿바이 디어."

대문에서 한 눈만 내어놓고 소리를 지른 다음 남숙자는 아주 가버렸다.
뜰앞에서 조잘거리다가 후르르 날아가 버린 산새처럼 영롱한 남숙자의
모습이었다.

상준은 뒤로 쫓아가서 그 가는 허리를 덥석 껴안고 싶은 충동이 아찔하
도록 중추에 어필하여 왔다.

그러나 다음 순간 상준은 두발로 지그시 땅바닥을 밟았다. 혜순의 집으
로 가서 혜순과 함께 저녁상을 받았다.

"나 오늘 저녁 집으로 돌아가겠어요."

하고 상긋이 우는 혜순은 머리도 빗고 옷도 다 갈아입고 있다. 종순이에게
서 집에 낯선 여인이 찾아왔다는 보고를 듣자 일시라도 속히 집으로 가고
싶어진 것이다.

이러한 아내의 기분쯤 물론 상준은 짐작하였다. 상준은 길 아래로 내려
가서 택시를 잡았다. 애기를 안은 아내를 태우고 자기도 보따리를 들고 나
란히 앉았다.

집으로 돌아온 혜순은 불과 일주일 만에 보는 자기 집이 일 년이나 떠
나 있다 온 듯 방 빗자루까지 반갑게 보였다. 남편은 방으로 보따리를 밀
어 넣고

"자 그럼 다녀 오겠소."

하고 혜순의 어깨를 꼭 껴안아보고 밖으로 나간다.

　남편이 나간 지 오 분이나 되었을까

　"계십니까?"

하고 묻는 가냘픈 여자의 목소리가 들린다. 혜순은 가슴이 덜컥 내려앉는 것을 느끼며

　"누구세요?"

하고 소리를 쳤다.

　"미스터 강 안 계세요?"

하고 들어서는 사람은 꿈에도 보지 못한 낯선 여자다. 종순이의 보고대로 한다 면은 저녁 때 찾아왔다는 여인이 이 여인이 아닐까?

　파마한 머리를 어깨로 풀어 헤치고 하이힐을 신고 허리는 유난히 가늘고 눈이며 코는 신통하게 생기지는 않았으나 앞가슴이 엄청나게 불룩하고.

　혜순은 가슴이 맹렬히 뛰기 시작하였다. 되도록 목소리를 부드럽게

　"미스터 강은 왜 찾으시나요?"

하고 억지로 웃어 보였다.

　"네? 직장으로 같이 가려구요. 참 당신이 미세스 강이세요?"

하고 손님은 생긋이 웃고

　"나는 남이야요. 같은 직장에서 일을 하고 있는 관계로 미스터 강과 친하게 교제하고 있어요……. 참 이번에 생남 하셨다구요? 축하드립니다."

　청산유수 같은 인사다.

　"……."

　너무나 당돌하다 할까 어찌 보면 방약무인한 태도 같기도 한 이 여자에게 적당히 대답할 말도 얼른 생각이 나지 않아 혜순은 잠자코 앉았다.

"저녁 때 조그만 프레센트 하나 가져왔더니 마음에 드셨는지요?"

혜순은 고개를 기울이며

"프레센트요?"

하고 어리둥절한다.

"아직 못 보셨군요. 미스터 강에게 드리고 갔는데 호호호 아무 것도 아니에요. 애기가 입을 수 있는 베이비 옷이야요."

"……"

혜순은 마땅히 고맙다는 인사를 해야 할 것을 생각하면서도 도무지 입이 떨어지지 않는다. 어색하고 절박한 침묵이 혜순과 남숙자 사이에 한참을 흘러갔다.

숙자가 먼저 침묵의 철조망을 뚫고 입을 연다.

"일전에는 많이 기다리셨죠 미스터 강을. 호호호 그이는 우리 집에서 이틀 밤 새우셨어요……. 어린애처럼 우리 어머니에게 어리광을 부리지 않아요? 아주 귀여운 애기처럼."

혜순은 마음속으로 견딜 수 없는 모욕을 느끼고

"아이라니요?"

하고 물었다. 혜순의 눈꼬리가 살짝 위로 치켜지는 것을 재미있다는 듯이 바라보며

"천진난만해요. 우스운 소리도 잘 하시고 아주 우리 집 식구들은 모두 미스터 강을 지지 한답니다…… 귀여운 청년이에요."

사뭇 늙은이의 말투다. 이 당돌하고 버르장이 없는 계집애를 속에 복받쳐 오르는 분노대로 한다 면은 당장 뺨이라도 갈겨야만 할 것이로되 쌓아온 교양이 그런 일은 허락지 않는 것이다.

혜순은 떨려나오는 목소리를 억지로 가다듬고

"난 또 좀 바빠서 얘기할 시간이 없어요."

하고 혜순은 영창문을 소리 나게 닫아버렸다. 멍하고 섰던 남숙자는

"어머나 미스터 강은 부인에게 이상한 예법을 훈련시켜 놓았나보다 호호호."

문 밖에서 소리를 내어 웃고 남숙자는 대문으로 나가는 것이었다.

'저런 개똥 쌍년도 세상에 있나?'

혜순은 방속에서 치를 떨다가 마루로 나와 대문 빗장을 걸었다.

이 밤 직장에서 돌아온 남편의 기색은 화려하지 않다. 몹시 우울하게 보이는 것이 피로하기 때문만은 아닌 것 같다.

"남숙자 다녀갔어요."

혜순은 남편의 우울한 이유를 알아보려고 이런 말을 했다.

"알아요…… 세워 놓고 문을 닫아 버렸다며?"

하고 못마땅한 표정이다.

"네 그랬어요. 그 여자 당신에게 대한 말투가 너무도 건방지길래 비위에 거슬려 그랬어요."

상준은 한참을 잠자코 있다가

"무슨 말을 하던지 간에 이쪽의 예의가 있어야 되지 않소? 교양없는 여인을 아내로 가졌다는 욕은 먹기가 싫어요."

"아니 그년이 그런 말을 합디까?"

혜순은 부르르 몸을 떨었다.

"그런 말을 할 기회를 왜 주는 거냐 말야."

남편은 목소리를 높여

"문전 나그네 흔연대접[17]이란 말 있지 않소?"

혜순은 꽉 막혀 오는 가슴에 호흡도 그치는 듯 싶다. 한참 만에 겨우 숨을 모아 쉬고 나서

"당신을 어린애라는 둥, 자기 어머니에게 어리광을 한다는 둥, 그리고 끝에 가선 당신을 뭐라고 한지 알아요? 귀여운 청년이라고 그랬어요. 제라서 무슨 늙은이처럼……."

"그게 왜 나쁘단 말이요. 어린애라는 건 천진난만하단 뜻이 아니요?"

남편의 말에 혜순이도 가만히 있지는 않았다.

"어린 아이란 말은 철없고 무지하고 유치하다는 말도 되는 거에요."

상준은 조롱스럽게 웃으며

"워낙 당신은 유식하니까 당신 어머니며 아버지며 모두 만물박사님 들이니까. 우생학적으로 당신도 마땅히 유식하겠지요."

혜순은 잠잠하고 대답지 않았으나 남숙자란 여인은 계획적으로 자기를 넘어뜨린 것이 아닌가 싶어 등어리에 으쓱 소름이 지나갔다.

이런 일이 있은 후 꼭 한 주일째 되는 날 밤이다. 남편은 일터로 가면서

"오늘은 부득이 집에 못 들어오겠소. 같은 직장 사람들이 함께 모여 비어를 마시기로 했소."

혜순은 가슴이 찌르르 아파왔다. 방금 구두를 신는 남편의 등 뒤에다

"어디서들 마시지요? 장소를 어디로 정했지요?"

하고 물었다.

"……."

---

17 기꺼운 마음으로 잘 대접함.

남편의 대답이 없는 것이 더욱 혜순의 가슴을 터지게 만들었다. 마당으로 걸어 나오는 남편을 향해

"남숙자 집 아니요?"

하고 소리를 질렀다. 남편은 돌아보지 않고

"장소는 아직 미정이지만 남숙자 집에서 마시게 될는지도 몰라."

혜순은 자기도 모르는 사이에 마당으로 뛰어 내려왔다. 그리고 남편의 팔에 매달렸다.

"안 돼요. 남숙자 집에는 세상 없어도 못 가요……."

핼쑥해서 부들부들 떨고 덤벼드는 아내의 얼굴은 이 저녁 마귀처럼 무섭게 상준의 눈에 비쳤다. 상준은 아내를 팔꿈치로 뿌리치고 도망하듯 대문으로 나와 버렸다.

12회

혜순은 자기의 팔을 뿌리치고 도망하듯 대문으로 나가버리는 남편의 처사가 뼈에 사무치게 괘씸하여졌다.

재출발을 약속한 지 사흘이 못 되어 표변해 버리는 남편을 혜순은 결단코 선의로 해석할 수는 없다.

거무스레한 바람벽 위에 남숙자라는 여자의 화상이 나타나는가 하면 입을 해 벌리고 웃는 남편의 그림자가 있어 혜순은 얼굴을 싹 돌리며 눈을 감아 버렸다.

어린 것이 잠을 깨어 빽빽 운다.

'저것만 없어도…….'

생겨나지 않을 것이 생겨난 것처럼 혜순은 아이가 귀찮게 생각되었다.

아이보다도 상준의 정열에 끌려 어머니 몰래 집을 뛰쳐나온 자신이 새삼스럽게도 커다란 형벌을 받는 것 같은 생각이 들었다.

이 형벌은 좀처럼 없어지거나 사라지는 것이 아니고 한평생 혜순을 따라 다니며 혜순을 못 살게 굴 것 같은 지긋지긋 무서움까지 느끼게 한다.

아이가 자지러지게 울어 댄다. 바르르 아래턱을 떨고 자그마한 주먹이 포대기 속에서 허우적거리는 것을 보자 혜순은 두 팔로 아이를 안아 올렸다.

뜨거운 눈물이 굵다랗게 아이의 얼굴 위에 떨어진다. 혜순은 아이의 작디작은 입에 젖꼭지를 밀어 넣었다.

한참을 젖을 빨던 아이는 사르르 잠이 들었다.

상준은 친구들과 약속대로 남숙자의 집으로 갔다. 길을 걸으면서 상준은 스스로 반문해 보았다.

'남숙자와 같이 노는 것이 과연 그렇게 즐거운 일이냐?'

상준은 힘차게 고개를 흔들었다. 상준은 남숙자와 다른 어떤 향락을 위해서 나가는 것이 아니다. 가정이라는 커다란 사슬이 보이지 않는 힘으로 자기의 손과 발을 꼼짝달싹 못하게 하는 결박에서 잠시라도 해방되고 싶은 기분이다.

혜순이가 밉거나 생겨난 자식이 귀찮아서가 아니다. 상준은 잠깐이라도 좋으니 매인데 없는 활짝 해방된 청춘을 즐기고 싶은 충동을 억제하지 못하는 것이다.

자기의 선배 모 씨가

"결혼은 감옥이야."

하고 독신을 주장하고 사십이 넘는 오늘까지 혼자 지내는 심경을 이제야 겨우 알만도 하다.

남숙자의 집에는 미스터 윤과 박과 그리고 미군 하사 우드가 와서 있었다. 우드는 키가 작달막하고 얼굴이 붉고 머리털도 붉은 스물네 살 먹은 젊은 애다.

남숙자는 오늘 달리 한국 옷을 입었다. 분홍치마 저고리가 이 여자의 잘록한 허리에 어디인지 퇴폐적인 매력을 느끼게 한다.

사나이들은 탁자를 둘러앉았다. 일변 비어 깡통이 들어오고 숙자는 소금에 볶은 호콩이며 어머니가 지져내는 생선 전유어를 들여왔다.

탁자 위 전유어 쟁반 곁에는 미국제 비스킷이며 치즈며 소고기가 요리
되어 있는 깡통들이 아가리를 열었다.

"자 이것도."

숙자 어머니가 들이미는 바구니에는 물방울을 쓰고 있는 능금이 하나
가득.

"오케이."

우드는 싱글벙글 웃고 광주리를 두 손으로 받아놓고

"어머니 들어오십시오."

하고 숙자 어머니에게 인사를 건넨다.

"많이 자수세요."

숙자 어머니가 웃으며 대꾸를 하고 부엌으로 나갔다. 사나이들의 얼굴
이 모두 빨개 졌다. 우드의 얼굴은 가죽을 한 번 벗겨 놓은 것처럼 붉다.

술을 마시고 커다랗게 웃고 이야기 하는 동무들과 딴판으로 상준은 말
이 없다.

여럿이 권하는 대로 술을 받아 마실 뿐 상준은 기대한 것처럼 즐겁지
못한 자신이 딱하게 생각되었다. 격의 없이 술을 마시고 명랑한 숙자의 얼
굴을 바라보면 정수리를 내리누르고 있는 우울이라 할까 압박감 같은 것
이 확 풀려나갈 것도 같았는데 전연 그렇지 않은 것이 이상스럽기도 하다.

남숙자의 얼굴도 어지간히 취했는지 진달래처럼 피어났다. 우드가 취
한 눈을 심각하게 뜨고 숙자를 건너다 보더니

"자 코리안 나이팅게일, 노래 하나 들려 주시겠습니까?"

하고 공손히 청을 한다.

"아— 원더풀."

하고 미스터 박이 소리를 치고 최도 붉은 얼굴을 치켜들며

"베리 베리 굿."

하고 손뼉을 친다.

상준은 잠자코 새로 뗀 비어통을 입에 대고 쭉 들이키는 것이 별 감동이 없는 모양이다.

숙자는 곁눈으로 상준을 흘겨보고

"어때요 노래 하나 할까요?"

하고 고개를 갸웃이 웃는다.

"들어 드릴 인내력을 소유하고 있습니다."

하고 상준은 깡통에서 소시지 한 개를 집는다.

"어머나 인내하고 듣겠데요 호호호."

소리를 내어 웃던 숙자는 발딱 일어서며

"스잔나 돈츄 크라이 포미."

를 부른다. 노래를 부르면서 숙자는 착착 발로 스텝을 밟고 팔을 뻗어 반원을 그리며 돌아간다.

한 팔로 허리를 짚으며 고개를 갸웃거리는 숙자는 그대로 한 개의 분홍빛 나비 같기도 하다. 우드는 참을 수 없는 듯 자리를 차고 일어섰다.

남숙자의 어깨에 팔을 걸치고 숙자와 함께 스텝을 맞추며 춤을 추며 돌아가는 우드의 몸이 또 한 개의 나비처럼 가볍다.

박이며 최며 그 사이에 상 끝에 들어앉은 숙자의 어머니까지 모두 손뼉을 치며 떠드는데 상준은 눈도 깜짝하지 않고 술만 마시고 있다.

춤을 끝내고 털썩 주저앉는 우드는 한 팔로 상준의 목을 감아 안으며

"무엇 때문에 우울한 거야."

하고 묻는다.

"노―."

상준은 간단히 대답하고 우드의 팔을 끌고 일어섰다.

"숙자 씨 노래 불러줘요. 우리 또 춤출 테야."

숙자가 고개를 끄덕이고 콧노래로 장단을 시작한다. 상준은 서툴지 않게 우드와 어울려 한 차례 춤을 추었다.

사람들이 갈채를 하고 숙자도 칭찬을 하였으나 상준은 조금도 웃어지지가 않았다. 그의 얼굴은 여전히 우울을 싣고 있을 뿐이다.

숙자 어머니가 만들어낸 만두를 저녁 삼아 먹고 일행은 모두 직장을 향해 떠났다. 상준과 우드가 같이 나오고 그 뒤로 남숙자가 외투를 걸치며 따라 나왔다.

"오늘 여러 가지로 만족하지 못했죠?"

하고 남숙자가 영어로 인사를 한다. 우드가 커다란 소리로

"천만에 천만에. 난 오늘 오후 파라다이스 같은 기분이야."

하고 숙자의 어깨를 툭툭 친다.

"저도 그랬어요……. 미스터 강은?"

하고 숙자가 묻는다. 상준이가 막 무어라고 대답을 하려는데

"언니가 집으로 다녀가라고 그랬어요."

언제 따라 왔는지 종순이가 상준의 뒤에 착 붙어 서서 하는 말이다. 상준의 두 귀가 화끈 붉어졌다가 이내 하얗게 변해버린다.

상준은 종순의 말은 들은 척도 하지 않고

"우드 난 네가 미스 강과 어울려 춤을 추는 것을 보고 생각한 게 있었다."

하고 콧등을 찡긋 했다.

"무슨 생각?"

하고 우드가 묻는다.

"너네 둘이서 결혼 했으면 하고."

"어머나."

남숙자가 깡충깡충 뛰며 소리를 치고 우드는 별로 웃지도 않고 심각한 얼굴로 숙자를 돌아본다. 슬프디 슬픈 눈망울이다.

상준은 두 사람보다 서너 걸음 앞서서 히득히득 걸음을 빨리 걸으며 입을 꾹 다물었다.

종순이를 시켜 자기의 행동을 감시하는 아내의 소위가 몹시도 불쾌하여졌다. 상준은 이날 밤 집으로 돌아가지 않기로 결심하면서 비가 내릴지 찌뿌듯한 하늘을 쳐다보았다.

사실 종순은 혜순의 부탁을 받은 일은 없다. 더욱이 오늘 혜순의 집에 들른 일도 없다. 학교에서 돌아오는 길에 우연히 형부가 그 문제의 여자 남숙자와 같이 걸어오는 것을 보았던 것이다.

옆에 다른 사람이 있든 말든 형부가 남숙자와 같이 걸어가면 안 된다고 단정한 종순은 왈칵 나오는 말이

"언니가 집으로 다녀가라 했어요."

하는 한 마디였다. 상준이가 흠칫 당황해서 어쩔 줄을 모르는 것이

(종순의 눈에는 그렇게 비쳤다) 고소하기도 하고 밉살스럽기도 했다.

종순은 일부러 언니에게 가서 길에서 상준을 만난 이야기를 보고 하고 갔다.

혜순은 저녁도 먹지 않고 아이 곁에 들어 누웠으나 온돌이 식어 방이 몹시 추웠다.

방중에 혀를 차고 혜순은 부엌으로 나와 장작을 지폈다. 상준이가 같이 있으면 어떤 힘든 노동을 해도 낙원처럼 즐겁기만 하던 이 집이 상준이가 다른 여자를 따라 나간 오늘 혜순에게는 폐허와 같기고 하고 어쩌면 무덤과 같이 적막한 감을 자아낸다.

방으로 들어가니 아이가 또 자지러지게 울어댄다. 젖을 물렸으나 젖이 나오지 않는다. 저녁도 먹지 않은데다가 오늘 낮부터 받은 정신의 타격이 혜순의 유방의 유선을 위축시킨 모양이다.

혜순은 애기를 위해 아침을 먹기로 했다. 국도 없이 김치를 해서 밥을 먹고 나니 우편 배달부가 다녀간다.

천만 뜻밖에 유영철에게서 편지가 왔다. 상준이와 혜순의 이름이 나란히 쓰여 있는 겉봉을 혜순은 가위로 자르고 속을 펼쳤다.

평범한 안부 편지 끝에 애기가 났으면 사진 한 장 보내란 말이 첨부되어 있다. 우두커니 편지를 내려다보고 앉은 혜순의 눈동자 속에 거무튀튀한 유영철의 얼굴이 머무른다.

순하디 순한 눈을 수줍게 떨어뜨리며 빙그레 웃는 유영철의 모습이 방금도 무슨 말을 할 듯하다.

'차라리…….'

혜순은 커다랗게 한숨을 쉬었다. 미모를 소유한 강상준 보다 믿음직스러운 내면생활을 소유하고 있는 유영철의 가치가 비로소 이날 아침 안혜순의 가슴 속에 또렷이 스며든다.

그러나 이것은 어디까지나 가치 판단이요 애정은 아니다. 혜순은 마음속으로 생각하고 괴롭게 웃었다.

혜순은 물을 끓여 기저귀를 빨아 널고 오래간만에 잉크에다 펜을 적시었다.

'친애하는 유영철 씨! 참으로 참으로 반갑습니다. 애기 사진은 찍는 대로 곧 보내드리겠습니다. 저의 소원도 한 가지 들어 주십시오. 어려우시겠지만 스칼라십 한 개 얻으실 수 있거든 저를 위해 보내 주십시오. 어린애는 외조모님께 맡겨 기르기로 하고 저는 공부를 좀 더 하고 싶습니다. 저의 마음 이해하여 주실 줄 믿습니다. 안혜순 올림.'

편지를 봉투에 넣어 핸드백 속에 넣었다.

'나도 미국쯤 가서 대학을 마치고 오면…… 그때는 상준이가 날 업수이 여기지 못하겠지.'

혜순은 결국 자기 운명을 상준이에게 결부시키고 마는 자신이 처량하기도 했다. 혜순은 주루루 눈물이 흘러 내리는 뺨을 만지고

'상준이가 어쨌단 말야 나는 나야.'

혜순은 갑자기 상준이와 만나기 일 년 전 자기로 돌아가고 싶었다. 그러나 일 년 전 자기는 아니다. 거울에 비치는 자기의 얼굴!

콧등이며 윗입술에 꺼멓게 앉은 기미가 아직도 얼룩이가 남아 있고 앞가슴은 베개나 안은 듯 불러 있는가 하면 허리통은 왜 이다지 굵직한지.

'아이 어멈.'

아이의 어멈의 허울을 둘러쓴 자신이 아닌가.

혜순은 무엇을 생각했던지 얼굴에다 담뿍 콜드크림을 발랐다. 마사지를 하고 정한 가제로 닦아낸 뒤 화장수를 바르고 바니싱[18]을 바르고 퍼프로 가루분을 묻혀 골고루 얼굴을 탁탁 쳤다.

입술에 연지를 칠하고 가늘게 눈썹도 그렸다. 자기 눈에도 못 알아 볼

---

18 vanishing cream.

만큼 아름다운 혜순이가 되었다.

혜순은 속치마 허리로 젖가슴을 졸라매고 나들이옷을 떨쳐 입었다. 허리는 과히 굵은 편은 아니다. 자기는 이제 스물네 살이 아닌가.

스물일곱에 난 처녀도 있고 삼십이 훨씬 넘어간 처녀도 있지 않은가.

"나는 이제 스물넷 결단코 늦지 않다."

혜순은 스스로를 격려하는 듯 이런 말을 하고 거울 앞에 섰다. 대문이 열리는 소리가 난다.

들어오는 사람이 있다. 고개를 쑥 내밀던 혜순은

"어머니."

하고 소리를 치고 마루로 나왔다. 김 집사가 찾아온 것이다. 얼굴빛이 파래서 몹시 초췌하여 보이는 어머니는

"어디 나가려고 했댔니?"

하고 딸의 모습을 훑어본다.

"아냐요. 하도 주접스러워서 옷을 한 번 갈아입어 보았어요."

"음…… 어–디?"

김 집사는 잠이 들어있는 손자의 얼굴을 들여다본다.

"그 놈 꼭 제 애비 사진이다."

하고 감탄하는 것을 혜순은 잠자코 눈을 흘기었다.

"애 애비는 일찌감치 나갔구나."

"……."

"어머니."

혜순은 목멘 소리로 어머니를 불러놓고

"이것 좀 맡아 길러주세요. 저 미국 가겠어요."

하고 고개를 숙인다.

"상준이가 널 미국 가라고 하더냐?"

"아녀요. 그 사람이 절더러 그런 말을 할 상 싶어요?"

하고 입을 삐쭉하는 딸의 표정으로 보아 김 집사는 젊은 내외의 의가 상한 것을 짐작했다.

"얘 어린 것이 밥이나 받아먹을 줄 알고 발바닥에 흙이나 묻히고 돌아 댕길 줄이나 알아야 떼어둘 생각도 하는 거지…… 하나님이 네게다 귀중한 생명을 부탁하셨는데 소홀히 하면 안 돼."

혜순은 고개를 들고

"그럼 저는 어떡하면 좋아요? 상준인 어제 낮에 나가서 여태껏 돌아오지 않았답니다. 집안에는 마음이 붙지 않고 늘 들떠서 나돌아 다니려고 하는 사나이에요."

혜순은 손바닥으로 눈물을 씻고 입을 다물었다. 김 집사는 잠자코 한참을 앉았다가

"지나간 일을 되풀이해서 말해도 쓸데없다만 난 보는 곳이 있어서 강상준이가 너에게 구혼을 하는 것은 달갑게 생각지 않았댔다. 너는 나의 의사를 반대하고 네가 좋아하는 대로 상준이를 택한 이상 책임을 져야 한다. 마음에 좋다 생각하면 부모 말도 듣지 않고 집을 나가고 싫어지면 자식새끼도 버리고 먼 나라로 가려고 하고…… 그렇게 자행까지 하는 너를 세상이 무얼로 생각하겠느냐. 세상은 네 마음대로 사는 곳이 아니야."

김 집사는 입을 꾹 다물고 엄숙한 눈으로 딸을 바라본다.

"제가 잘못했으니까요. 제 운명을 제가 개척해 보겠다는 거야요. 새로 출발하기 위해서는 미국 가는 것이 첩경인 것 같애요."

혜순은 유영철에게 써놓은 편지를 내보이며

"영철 씨에게 스칼라십 하나 부탁해 놓았어요."

김 집사는 고개를 흔들고

"이애 너는 젖 세례를 받았다. 나는 너를 한평생 주의 길로 인도하기로 하나님과 교회 앞에 맹세했다. 네가 세례 받던 아침의 기분대로 한다면 나는 한 마디밖에 없다. 죽도록 충성해라. 강상준의 아내로. 너희들은 또 유 목사님 앞에 가서 평생을 같이 살겠다고 축복을 받은 일이 있지 않으냐……. 하나님은 너희들의 편리를 보아주기 위해서 따라 다니는 복덕방 할아버지는 아니야. 알겠니?"

혜순은 쓰디쓰게 입맛을 다시고

"저 이혼 한단 말이 아니야요. 단 몇 해 떠나 살고 싶어요."

김 집사는 목소리를 낮추어

"젊은 사람이 오래 떠나 있으면 어떻게 되니? 너 짐짓 강상준에게 간음할 기회를 주려고 드니?"

"그 사람 지금도 그런 죄 짓고 있는 것 같에요."

"네 눈으로 보았니? 여인과 같이 자는 것."

김 집사는 눈을 커다랗게 뜬다.

"보진 못했어도 행동으로 짐작할 수 있어요."

"그게 잘못이야. 남의 행동 지레짐작하는 것 하나님 앞에 죄가 되는 거야. 마태 칠장 일절을 보아라."

"어머니 사내가 밖에서 자고 들어올 때는 그렇게 의심해도 좋지 않겠어요."

김 집사는 고개를 흔들고

"꼭 그런 것도 아니다. 사내란 밖에서 친구들과 놀다가 늦어지는 수도 있고 부득이한 경우로 밖에서 밤을 지낼 때가 있는 거야."

"......"

혜순은 입을 다물고 앉았다가

"상준이에게 찾아오는 계집애가 있어요. 계집애가 찾아오는가 하면 상준이가 그 집에 가고 이런 걸 뻔히 알면서 견딜 수 없어요."

김 집사는 침통한 낯빛으로

"지근 너희들의 사이가 벌어지게 된다면 처음에 부모 집을 뛰쳐나올 때보다 더 남부끄러운 일이다......"

김 집사가 미처 말을 끝내기 전에 혜순은 약간 목소리를 높여

"어머니 저 남을 위해서 사는 것 아니에요. 저 자신을 위해서 사는 거에요."

"얘 봐라 너 성경에 가르친 말씀 생각지 않니? 자기 일만 생각지 말고 다른 사람의 일도 생각하라. (빌립보 이장 사절)......"

김 집사는 부드러운 목소리로

"믿지 않는 사람이면 별의 별짓 다 할 수 있다. 이혼도 하고 별거도 하고 재판도 하고...... 그러나 우리 믿는 사람은 그렇게 못하는 법이야. 너는 죽기까지 강상준의 아내로서 상준의 아들의 어머니로서 한평생 희생해야 된다. 그것이 하나님을 믿는 사람의 할 짓이다."

혜순은 어머니의 케케묵은 설교가 지긋지긋 싫증이 났으나 또 반항할 도리도 없어 그저 잠자코 대답을 하지 않기로 했다.

"하나님을 믿는 우리는 어떤 일이 있어도 항시 감사하고 기도해야 한다. 나도 오늘 시장에 못 나간다. 물건 보퉁이를 도적 맞았다. 오늘 아침."
하고 조용히 말을 맺는다.

"아니 보퉁이를?"

혜순은 처참한 소리로 부르짖었다.

"문 앞에 내려놓고 잠시 소변보는 동안 없어졌다……."

"앞으로 어떻게 살아가시겠어요?"

"하나님 아버지께서 알아 하시겠지 설마 굶겨 죽이시겠니?…… 기도 하자."

김 집사가 딸과 사위와 새로 난 손자와 또 자기의 잃어버린 물건 보통이까지 모두 하나님께 부탁드리고 영철이에게 가는 편지를 찢어버리라 해서 혜순은 편지를 찢었다.

어머니가 돌아간지 두어 시간이 지나 남편 상준이가 돌아왔다.

"나 오늘 아버지 소식 들었어."

상준은 무척 기쁜 얼굴로

"간밤에 그 사람의 여관에서 자면서 동경 얘기 골고루 다 들었어."

"……."

상준은 혜순에게로 바싹 다가앉으며

"아버지도 기반을 잡으셨대. 거기서 섬유공장 하는 사람과 손을 잡고 벌써 여러 차례 물건을 들여 왔다나봐. 이번에도 그 사람이 상당한 분량의 물건을 가져왔대……."

혜순이가 무어라고 대답을 해야 되겠다고 생각을 하는데 상준은 자기 말을 자꾸 계속한다.

"아버지 의견이시라고 지금이라도 내가 동경에 가면 대학에 다니도록 해주시겠다구…… 이 사람이 가지고 온 배편으로 들어오라고 하시는 거야……."

혜순은 배시시 웃고

"물론 당신 혼자만 데려 가시는 거겠지요? 본래 싫어하는 며느리니까."

"내가 가서 조처를 하면 혜순이 불러가는 건 문제 아니야."

혜순은 히스테리컬한 목소리로

"그래 당신은 동경 가시기로 작정하셨나요? 혼자서?"

하고 물었다.

"배가 사흘 후에 떠난다고 그래서 어쨌든 한 번 갔다 오기라도 해야겠어."

"……."

혜순은 잠자코 영철에게서 온 편지를 상준 앞에 내여 밀었다. 쭉 훑어
보더니

"영철 군에게 부탁해서 나도 스칼라십 하나 얻어 볼까."

하고 상준은 혼잣말 같이

"동경가서 추진하면 속히 될 거야."

하고 혜순의 동의를 구하는 듯 빙그레 웃는다. 혜순은 어이가 없어 한참을
그대로 앉았다가

"동경이고 미국이고 가시려거든 이혼하고 가세요. 혼자서 홀홀 가볍게
좋지 않아요?"

상준의 얼굴이 금시로 파래졌다.

"이혼이 소원이라면 해주지……."

영철의 편지를 본 상준은 혜순의 말을 단순히 받아들이기가 싫었다.

"아이도 맡으세요."

하고 혜순은 악이 나서 소리를 쳤다.

"맡지 ××고아원으로 오늘이라도 갖다 줄 수 있어."

상준은 허옇게 이빨을 들어 내고 웃으며

"그렇게 유영철에게 어서 편지를 하지. 남편도 없고 자식도 없는 자유

의 몸이라고."

"자유의 몸이면은 어쩌란 말야요. 내가 자유 됐기로니 유영철 씨에게 무슨 상관있어요."

"재고할 여유가 있다는 말이야."

혜순의 손이 번쩍 치켜드는 것과 함께 상준의 뺨에서 찰싹하는 소리가 났다.

"내가 거리에 계집이라도 이런 소리는 못할 거야. 패덕한의 철면피 같으니라고."

"하하하하 으하하하."

상준은 뺨을 슬슬 만지며 커다랗게 웃어댄다.

13회

　남편이 커다랗게 웃어대는 얼굴이 혜순의 눈에는 비겁하고 또 추악하게 보였다. 그래서 혜순은 싹 돌아 앉으며 지그시 눈을 감아 버렸다.

　지그시 감는 혜순의 눈까풀은 일 분도 못 되어 다시 번쩍 열렸다. 상준이가 영창문을 활짝 열고 마루로 나가기 때문이다.

　마당으로 나가는 상준은 휘파람조차 날리는 것이 무척 가벼운 기분이다. 사실 상준은 아내에게 철썩 따귀를 얻어맞은 사실은 마치 어물거리고 있는 소나 말에게 채찍을 내려친 듯 상준은 달리기 시작한 것이다.

　지금이야말로 사슬처럼 자기 손발에 묶여 있는 아내며 아들의 감금을 활짝 벗어나 대공을 지향하는 큰 새처럼 마음대로 날라볼 때가 왔다고 생각했다.

　일본서 생선을 실으러 온 배가 아직도 남포동 근처에 닻을 내리고 있는 것을 짐작하고 상준은 어젯밤 함께 여관에서 묵은 그 배 임자의 거취를 찾기로 했다.

　배 임자 일본 이름 '하야시'는 근처 술집에서 막걸리를 마시고 있었다. 내일 새벽 세 시에 배가 항구를 나간다는 것이다.

　상준은 어슬렁어슬렁 번화가를 거닐었다. 현해탄을 건너간다는 뻐근한 긴장을 안고 그는 머릿속으로 한 개의 생각을 붙들었다.

'같이만 가준다면…… 나는 영웅이야.'

상준은 영선 고개까지 걸어올 동안 입을 꾹 다물고 두 손을 외투 포켓에 낀 채 고개를 똑바로 치켜들었다.

그러면서도 상준의 다리는 술을 잔뜩 마신 때처럼 허둥거려지는 것은 만만치 않은 모험을 앞둔 흥분 때문이다. 남숙자의 집 작은 대문을 밀고 들어서니 숙자는 없다.

언제까지 기다릴 수도 없어 조그만 메모를 꺼냈다.

'나는 오늘 밤 세 시 이 항구를 떠나기로 합니다.'

짤막하게 써놓고 상준은 돌아 나왔다. 어제 남숙자에게 생선배를 타고 일본으로 밀항할 이야기를 주고받았을 때 숙자는 상준의 팔을 붙들고

"가실 때는 꼭 나를 데리고 가야만 해요. 정말에요……."

다짐을 둔 남숙자는 어느덧 노랫가락으로

"나를 버리고 가는 님은 십 리도 못가서 발병난다."

눈물이 글썽해지는 숙자였다. 숙자 집에서 나온 상준은 '하야시'와 함께 남포동에서 '스시'도 먹고 '스시'를 안주해서 술도 마셨다.

이따금씩 아내의 얼굴이며 아들의 울음소리가 머릿속에 떠올랐으나 상준은 되도록 이런 생각에서는 귀를 막고 눈을 감아 버리기로 했다.

'하야시'의 여관에서 잠깐 눈을 붙이고 그들은 곧 바닷가로 나갔다. 이제 곧 세 시가 될 것이다.

이십 톤이라는 범선은 무척 작은 걸로 알았더니 생각보다는 제법 크다. 상준은 흐뭇이 마음이 놓였다.

배 위에는 전복이며 고등어며 생선이 가득 실려 있어 일견 생선을 실은 배다. 그러나 판자 한 겹을 열면 그 속에는 열이고 스물이고 사람들이 엎

드려 있을 수 있는 넓은 공간이 있다.

상준은 '하야시'가 들어주는 판자 속으로 한 걸음 발을 들여놓다가 히뜩 뒤를 돌아보았다.

"미스터 강!"

하고 부르는 여자의 목소리가 들린 때문이다. 외투 깃을 세운 남숙자의 얼굴은 밤빛에 보아도 낯달처럼 허옇다.

"아니 당신이?"

"써놓고 가신 분이 놀라시기는."

남숙자는 상준의 앞을 서서 배안으로 들어가려한다. 손에는 자그마한 트렁크를 들고.

"누구지요?"

'하야시'가 묻는다. 상준은 머뭇거리다가

"부모님이 동경 계시다는 데요 저쪽으로 가기만 하면 선비는 청구하는 대로 드리겠다는 겁니다."

"상준 씨가 담보할 수 있어요?"

"네— 얼마든지."

상준은 힘차게 고개를 끄덕였다. 미리 '하야시'에게 남숙자를 태울 것을 연락하지 못한 것은 남숙자가 꼭 같이 갈지 어떨지 몰라서 결정짓지 못했던 때문이다.

"오-케이."

'하야시'는 어둠속에서 손을 꺼덕 치켜들었다. 허락한다는 것이다. 별도 한 개 보이지 않는 밤하늘이나 물살은 지극히 조용하여 찰싹거리는 소리도 없다.

뱃속에는 먼저 타고 있는 선객도 있어 도합 아홉 사람이 부산항을 떠나게 됐다.

"여자가 탔어?"

"재수가 적다니까."

하고 못 마땅해하는 소리가 들린다. 그러나 남숙자나 강상준은 못들은 체할 수밖에 없다.

삐거덕거리는 소리와 함께 배는 제법 속력을 놓는다. 이 박사 라인이며 맥아더 라인이며 그런 것이 어디쯤인지 전연 알 수가 없다.

알지 못한 채 그들의 배는 아무런 지장도 없이 항해를 계속하는 것이었다. 이십사 시간이 지난 다음 날 새벽 배는 일본 어느 항만에 댔다.

어둠을 타서 산 비탈길을 헤매인 것은 '하야시'의 미리 일러준 대로 였다. '하야시'의 뒤를 따라 남숙자의 팔을 끌고 산 밑 후미진 집으로 들어갔을 때 거기는 동경 시민증을 가진 사나이 두 사람이 기다리고 있었다.

상준과 남숙자의 주야로 소원하던 동경도 이제 곧 눈앞에 나타날 것이다.

상준의 아버지 강 장로는 떠나 있은 지 십 개월 동안 몰라 보리 만큼 살이 쪘다. 평소에 소화가 잘 안되던 강 장로는 배꼽에다 소금 주머니를 올려놓고 전구를 들이대서 배를 따뜻하게 했다는 것이다.

강 장로는 아들 상준을 기다리고 있기는 했지만 정작 이렇게 속히 올 줄은 몰랐다는 것이다.

그러나 강 장로는 남숙자가 누군지도 물어 보지도 않고 선선히 선비를 물어주었다. 그렇게 완고하던 강 장로도 동경이라는 곳에서 어지간히 인정의 수업이 된 모양인가 상준은 우선 혜순에게로 편지를 썼다.

이것은 그가 작별 인사도 없이 혜순을 떠나온 변명의 한 토막이기도 하다.

'밤 세 시에 떠나는 배였소. 두 달만 지내면 당신을 데려오도록 만반의 준비가 될 테니 부디 안심하고 기다리시오.'

남숙자에게 하숙을 정해 주고 자신은 아버지와 같이 있기로 한다. 아버지는 다다미 넉 장 까는 조그만 방을 얻어 손수 밥을 지어 잡숫고 계신다. 상준은 일찍 일어나서 풍로에 불을 일으키고 수도로 나가서 쌀을 씻어 와야 했다. 이럭저럭 또 열흘이 지나갔다. 그 동안 틈만 있으면 상준은 숙자의 하숙으로 갔다.

숙자의 하숙에서는 상준은 숙자의 약혼한 남자로 알려 있다. 상준은 학교로 돌아가야 될 것을 생각하고 우선 동경 제대 영문과를 알아 보았다.

새 학년이 되기까지는 정식 입학이 허락되지 않는다 한다. 상준은 불명예스런 청강생은 되고 싶지가 않아 게이오慶應 대학으로 가서 입학을 지원하여 보았다. 거기서도 같은 말이다. '와세다' 대학에서도 비슷한 말이었다. 이왕이면 새 학년 첫 학기가 올 동안 도서관으로 당기며 책이나 읽어야 한다.

상준은 숙자와 나란히 서점에도 들르고 도서관도 갔다. 점심때는 한국 사람이 경영하는 요릿집을 찾아 '호루몽' 요리를 먹었다.

그것은 소의 내장을 잘 씻어 양념을 묻혀 석쇠에 구어 먹는 것이다. 대개는 양과 곱창이다.

해가 바뀌고 신년이 돌아왔다. 상준은 아버지에게서 얻어낸 설빔도 다 없어지고 그럭저럭 호주머니는 쓸쓸해졌다.

십 환 한 장이면 골라잡아 영화를 구경할 수 있는 신지꾸新宿에도 못 가고 종일 숙자의 하숙에서 화롯불만 끼고 마주 앉은 상준의 얼굴은 들어올 때보다 훨씬 여위었다.

서투른 솜씨로 만드는 '미소시루'[19]와 '다꾸앙'[20] 조각만으로 밥을 먹는 때문만은 아니다.

대학교 입학을 위해 도서관에서 도서관으로 돌아다닌 때문만도 아니다.

"결혼식은 언제 하시죠?"

남숙자의 입이 한쪽으로 삐뚜름히 꼭 다물어지면 상준의 시선은 화로 위에 떨어지는 것이다.

"혜순이가 있는데……."

상준이가 빙긋이 웃을라치면

"혜순이가 있다면서 왜 당신은 내게다 사실상 결혼을 했어요?"

남숙자의 불룩한 가슴이 좀 더 불룩해진다. 상준은 웃지 않고

"사랑하니까……."

하고 후르르 한숨을 쉬는 것이다.

"사랑한다는 게 농락하는 게요? 당신 마음대로 데리고 놀다가 고국 가면 처자 찾아가고 호호호."

히스테리컬한 남숙자의 웃음소리가 상준의 귀를 송곳처럼 찌른다.

"도대체 여인들이란 귀찮은 동물야."

상준은 이렇게 중얼거리고 두 손으로 뒤통수를 안고 펴놓은 이불 위로 가서 펄썩 누워 버린다.

층층대에서 발소리가 난다.

"아노— 난상!"

하고 하숙 할머니가 '쇼—지'[21] 밖에서 부른다. 찬바람이 이는 쌀쌀한 목

---

19 일본식 된장국.
20 단무지.

소리다.

"난데스까?"

남숙자도 써늘한 목소리로 응한다. 이달 하숙비를 내라는 독촉인 것이다. 남숙자는 태연한 얼굴로

"나 취직하게 됐으니 그믐날까지만 기다려 주세요."

숙자는 머리맡에 놓인 자그마한 라디오를 집어 하숙 할머니에게 내주며

"위선 이거나마 맡아 두세요."

하고 상준을 향해 하얗게 웃는다.

상준은 얼른 남숙자의 시선에서 눈을 돌이켰으나 아버지에게서 숙자의 밀항 선비를 얻어낸 이상 숙자의 하숙비까지 청구할 용기는 아무래도 나지 않는 자신이다.

이월이 됐다. 강상준과 남숙자가 밀항해서 들어온 지도 꼭 석 달이 접어들었다. 상준은 머리가 수북이 자라고 코 아래 수염이 추하게 돋아났다.

요사이 이발 값도 받아내지 못하도록 상준의 아버지 강 장로의 경제는 말 못하게 되었다.

한국서 들어온 어느 '바이어'와 결탁하고 한 창고 사두었던 섬유가 예상치 못한 '디플레이션'을 먹어 참락하여 버린 때문이다.

'호루몽' 요리를 점심으로 먹던 시절도 꿈으로 흘러간 상준이다. 그래도 강 장로는 매일 두 식구가 먹을 수 있는 쌀과 숯과 된장과 '다꾸앙' 만은 준비해 들여 놓는다.

어느 날 상준은 숙자와 함께 근처 우동집에서 가께우동을 한 그릇씩 먹

---

21 미닫이.

고 나오는 때다.

"미스 남!"

하고 소리를 치며 남숙자의 어깨를 뒤에서 안는 팔이 있다. 미군 하사 우드가 아닌가. 우드는 상준의 손이 부서져라 힘찬 악수를 하고 두 사람을 데리고 가까운 커피점으로 들어갔다.

커피 석 잔을 불러놓고 우드는

"미스 남은 여전히 아름다워."

하고 남숙자에게 찬사를 보낸 다음

"나는 동경서 얼마간 있게 됐어."

하고 강상준을 바라보고 빙긋이 웃는다. 인정이 어린 눈초리다.

"그래?"

상준은 짤막하게 대답했을 뿐 자신의 초라한 모습이 우드의 눈앞에 나타난 것만이 딱하다면 딱하게 생각된다.

우드는 커피점에서 나오는 길로 두 사람과 함께 점심을 먹자 한다. 오래간만에 '호루몽' 요리점으로 들어갔다.

우드는 별로 신기롭게 생각지도 않고 뜨거운 곱창을 널름널름 집어먹고 찬 비어를 마신다.

"미스터 우드."

깍두기를 잘강잘강 씹으며 남숙자가 우드를 쳐다보았다.

"왜 그래요 미스 남!"

우드는 다정한 눈으로 숙자를 바라본다.

"당신이 일보시는 곳에 내가 들어갈 만한 직장 있겠어요?"

하고 물었다.

"직장?…… 어려운데."

우드는 눈을 껌벅껌벅하고 무엇을 생각하고 있다가

"미스 남의 주소를 가르쳐 주세요. 내 연락할게."

우드가 내미는 메모에다 남숙자는

'나미끼죠 ××번지 기무라방.'

으로 써주었다. 그리고 세 사람은 헤어졌다. 곱창을 먹고 돌아온 강상준은 먹은 것이 체했던지 자기 집으로 돌아와 반 시간도 못 되어서 모두 토해 버렸다.

토해 버린 뒤에도 속이 편치 못했다. 속만 거북할 뿐 아니라 한기가 나고 두통도 났다. 감기인지도 모른다.

상준은 호되게 한 사흘 앓았다. 한 사나흘 조리하면 나을 줄 알았던 상준의 병은 시름시름 열흘이 지났는 데도 뒤가 깨끗지 못하다.

오후 두어 시쯤 되면 머리가 뜨뜻해지는가 하면 아슬아슬 등골에 찬 기운이 지나가고 그리고 밤이면 속옷이 흠뻑 젖게 오한이 나는 것이다.

그러면서도 상준은 매일같이 남숙자의 하숙으로 놀러갔다. 그것은 상준과 숙자가 치러야하는 정욕의 일과를 되풀이하는 불행스런 습성에 끌린 때문인지 모른다.

방금 말라 들어가는 상준의 골수에서 진액을 뽑아내는 참혹한 노동인가 하면 생명을 대패로 깎아내는 무서운 보수이기도 하다.

오늘도 상준은 파란 얼굴로 숙자의 침실로 들어갔다.

"결혼식은?"

하고 또 질문을 받을 아니 토죄를 받아야 할 저녁때가 왔건만 남숙자는 전과 달리 그런 말은 입 밖에도 내지 않고 핸드백을 털다시피 잔돈을 긁어가지고 가까운 목욕탕으로 간다.

상준은 이불 속으로 들어갔다. 오소소 추워 오고 머리가 뜨뜻해진 때문이다. 오늘 달리 명랑해진 남숙자의 얼굴을 천장에 그려볼 동안 상준은 혼곤히 잠이 들었다.

얼마를 잤던지 상준은 전신에서 흘러나는 진땀을 감각하며 기분 나쁘게 눈을 떴다. 상준의 눈이 닿는 다다미 위에는 허연 가루분이 흩어져 있고 옷걸이에 걸려 있던 단 한 벌의 나들이 옷이 없어진 걸로 보아 숙자가 외출한 것을 알아냈다.

'어디로 갔을까?'

축축한 등어리며 허리통을 추석거리며 상준은 다 사위어가는 화로를 끼고 앉았다. 어둠이 '쇼지'에 검게 물들 무렵이 되었건만 숙자는 돌아오지 않는다.

상준은 언제까지나 이방에 앉아 숙자를 기다려 보기로 결심한다. 아래층에서 생선을 굽는 냄새가 올라 왔으나 물론 상준에게 저녁상은 들어오지 않는다.

숙자의 식비가 한 달 너머 밀렸는데 숙자 아닌 다른 사람에게 밥을 줄까닭은 없는 모양이다.

시장한 생각이 심각해질수록 상준의 가슴에 질투와 비슷한 전율이 설레기도 했다. 상준은 고개를 흔들고 피식이 웃었다.

비로소 붓을 들었다. 오래간만에 혜순에게 답장을 쓰는 것이다.

'동경은 생각 밖에 재미없는 곳이요. 나처럼 가난하고 몸이 약한 청년에게는…… 추위에 아이 데리고 고생하는 줄 짐작하오…….'

여기까지 쓰다가 상준은 편지를 덮어버렸다. 층대에서 발소리가 났기 때문이다. 그러나 올라온 사람은 숙자는 아니다.

하숙 할머니가 '아마도'[22]를 닫는 것이다. 상준은 혜순에게 쓰던 편지를 성냥을 그어 태워버렸다.

그렇게도 싫어하던 지금도 치를 떨고 싫어할 수 있는 남숙자의 방에서 혜순에게 편지를 쓴다는 것은 인간으로서 차마 하지 못할 노릇을 하는 것 같은 공포가 왈칵 느껴진 때문이다.

열 시도 지나고 열한 시도 넘었다. 상준은 무너져가는 자기의 건강을 생각하고 똑바로 누워 눈을 감았다.

'아마도' 여는 소리에 펀 듯 잠이 깨인 상준의 귀에

"오하요 오바상."

하는 숙자의 음성이 들린다. 상준은 비로소 분노와 같은 감정이 바싹 마른 목구멍으로 치밀어 올라왔다.

"어머나 아직 계셨어요?"

"……"

남숙자는 머플러를 풀면서 방으로 들어선다.

"저 우드가 말이야요. 취직자리가 있다고 기별을 하지 않았겠어요? 그날이 바로 어제거든요."

"……"

"당신이 주무시길래 잠깐 다녀오기로 그냥 나갔던 거야요."

"……"

숙자는 차츰 불안하여 지는지 눈썹을 찌푸리고

---

22 덧문.

"그렇게 사람만 쳐다보고 계시면 어떡하란 말야요."

"……."

"돌아오는 길에 춘희를 만났거든요. 춘희는 내 동기 동창인데 미군하고 산대요. 아이 하나 낳고 남편은 본국 당기러 갔다나요. 춘희가 영화 구경도 시켜주고 저녁도 사주고 그리고 밤에는 춘희 집으로 가서 자고…… 왜요 잘못했어요?"

남숙자의 하는 말이 참인지 거짓인지 상준은 그런 것을 알고 싶지는 않다. 단지 자기에게 무슨 자존심 같은 것이 있다면 그 자존심을 숙자가 발로 밟고 침을 뱉고 갈기갈기 찢어놓은 것만 같은 그런 불쾌가 치미는 것뿐이다.

한때 자신은 숙자에게 영웅적 존재로 스스로 뽐내고 있은 적도 있지 않는가. 숙자가 아래층으로 내려가서 아침상을 들고 올라오는 것과 상준이가 외투를 걸치고 내려가는 것과 층층대에서 마주쳤다.

현관까지 따라 나온 숙자에게 일별도 주지 않고 상준은 길로 나와 버렸다. 그리고 사흘이 지나고 나흘째 되는 날 부슬비가 내리고 있었다.

상준은 또 '나미끼죠'로 숙자를 찾아가야만 했다. 외롭고 피로한 몸일수록 숙자처럼 팽창한 생명력을 가진 여인이 필요한지도 모른다.

층대로 올라서자 숙자의 방에서 전에 없이 레코드 소리가 흘러나온다. 그리고 숙자의 탁 트인 소프라노도 들린다.

귀에 익은 재즈송이다.

"나는야 알라바마 나의 고향은 그곳 ─ 벤죠를 메고 나는 너를 찾아왔노라 ─ 오 스산나 돈추 크라이 포미."

상준은 문을 열었다. 남숙자가 곡조에 맞추어 한 손을 허리에 대고 한 손으로 반원을 그리며 발로 다다미를 착착 차고 돌아간다.

레코드의 태엽을 감고 앉았는 미군 하사 우드가

"야— 강."

하고 소리를 친다.

상준은 다리가 후루루 떨렸다. 시야 전체가 허연 베를 깔아놓은 듯한 수초가 흘러갔다. 상준은 벽에 털썩 기대앉으며

"미스 남의 취직을 축하하오."

방금 춤을 끝내고 주저앉는 숙자에게 한 마디 했다. 우드가 빙그레 웃으며

"취직은 아직 미정이야. 하지만 자네가 축하를 할 일이 있네…… 우리는 일간 결혼을 하게 되네."

상준은 결단코 놀라지 않았다. 단지 그의 아래 위 입술에 실룩실룩 경련이 몇 번인가 지나갔다.

"결혼 피로연에는 내가 멋들어지게 한국 춤을 한바탕 출까?"

하고 상준은 숙자의 어깨를 툭 쳤다. 숙자의 어깨를 치던 손으로 접시에 담긴 과자를 한 움큼 집어 와스락와스락 먹어대는가 하면 숙자가 깎아 내 놓는 능금도 와작와작 깨물어 먹고 비어 깡통도 세 개나 비워버렸다.

탐하듯 먹고 마시는 상준을 멀건이 건너다보는 남숙자의 시선에는 조롱과 멸시가 절반씩 섞여 있다.

상준은 싱글싱글 웃으며 접시에 남은 맨 마지막 과자까지 집어먹고 변소로 갔다. 변소에서 나온 상준은 이층으로 가지 않고 그 길로 바로 자기 집으로 향하였다.

비에 젖은 길바닥은 벌써 황혼이 깔려 있어 으쓱 춥고 축축한 기운이 술

에 상기된 상준의 뺨에 거슬렸다. 집에 들어오자 상준은 곧 이불을 폈다.

전신이 불덩이가 되도록 열이 치밀었다. 목구멍이 메슥메슥하고 간질 간질해서 상준은 두어 번 큰 기침을 했다. 가래침이 넘어온다.

풍성한 가래가 한 입 가득 넘어왔다. 상준은 일어서서 유리창을 열었다. 입에서 뱉어낸 것은 가래침은 아니었다. 빨간 선혈이었다.

"아 피가……."

눈을 커다랗게 뜨는 사이 울컥울컥 선혈은 자꾸 목구멍으로 넘어온다. 상준은 유리창 턱을 붙들고 넘어오는 피를 한참을 쏟아냈다.

한 사발쯤 뱉었다 생각될 때 피는 멎었다. 핑 — 돌아가는 눈을 꼭 감고 이불로 가서 쓰러졌다. 그리고 반시간이나 지났을까?

"상준 씨 계세요?"

하고 부르는 남자의 소리가 난다. 상준은 얼른 대답이 나오지 않는다.

"좀 급한 일이 있어서 왔는데요. 강상준 씨 계세요?"

한국말로 똑똑히 발음하는 사람은 아버지의 고향 친구 박용구 집사다.

"무슨 일이세요?"

상준은 모기 소리로 겨우 물어 보았다. 박 집사가 방으로 들어오며

"강 장로님이 말입니다. 바로 지금 파출소로 불려 들어갔어요. 밀항해 온 혐의가 농후해서 아마 수용소로 보내게 될 것 같은 데요. 상준 씨가 나가서 돈을 몇 만 환 속히 만들어 보아야 될 걸요."

"……."

무슨 말을 하려고 입을 벌리는 상준의 목구멍에서 또 왈칵 피가 쏟아져 나왔다.

14회

상준이가 피를 토하는 것을 목격하는 박용구[23] 집사는 당황히 곁에 있는 타월로 상준의 턱을 받쳐 주었으나 피는 타월 한 개를 다 적시고도 상준의 무릎 위에 흥건히 고였다.

박용구 집사는 밖으로 뛰어나가 가까운 병원에서 의사를 불러왔다. 의사가 지혈제를 놓고 따라온 간호부가 상준의 무릎을 씻어낸 뒤 상준은 빙긋이 웃고 자리에 누웠다.

빙긋 웃는 상준의 얼굴이 너무도 푸르기 때문에 박용구 집사는 이제 곧 숨이 넘어 갈 것이 아닌가 싶어 밖으로 나와 의사에게 물어 보았다.

의사는 고개를 흔들고

"위선 포도당 일천 그램쯤 넣으면 괜찮을 겁니다. 그것만은 선금을 주셔야 합니다. 오백 환."

하고 신을 신는다. 박 집사는 자기 주머니 속에는 포도당 일천 그램의 값을 치를 돈은 없다. 그렇다고 또 그냥 있을 수도 없어 박용구 집사는 상준의 외투를 들고 전당포로 달려갔다.

가서 위선 천 환을 얻어 왔다. 가루약이며 물약이며 포도당 주사 그리

---

23 원문에는 '박광선' 집사로 되어 있으나 13회를 참조하여 '박용구' 집사로 고침.

고 왕진비까지 일천 환에서 몇 푼 남지 않았다. 박 집사는 상준의 머리 위에 찬 물수건을 올려 놓고 밖으로 뛰어 나갔다.

파출소 순경에게 대동되어 들어갔던 강 장로는 벌써 파출소에는 있지 않았다. 그는 '요ㅡ도 바시구' 경찰서로 넘어간 모양이다.

밀항해 들어왔다는 사실 외에 물건 값을 다 치루기 전에 물건을 팔았다는 구실로 횡령죄로 고발을 당하고 있는 강 장로였다.

땡땡땡 종이 울린다. 혜순은 칠판에다 써놓은 글을 막대로 한 자씩 한 자씩 가르치던 말을 어지간히 마치고

"그럼 집에 가서 읽어 와야 해요."

하고 책을 덮었다.

피난민 소학교로 사용하던 교사를 수복해서 학동들이 올라간 뒤 동리 사람들이 손을 보아 사립 소학교를 한 개 마련한 것이다. 혜순은 이 영주 학교 이학년 담임 선생님이다.

아침 여덟 시 반에 와서 열두 시에 도시락을 먹고 지금 세 시까지 수업을 계속한 혜순은 어지간히 힘이 빠졌다.

손수 풍금을 치며 창가를 가르치는가 하면 뛰고 구르며 체조를 가르치고 혜순에게는 가장 자신이 없는 도화와 습자실로 이 모든 것은 혜순에게는 땀나는 노동이 아닐 수 없다.

이러한 노동을 치루고 혜순은 또 돌아와서 어린 아들 영식에게 흐뭇이 부른 젖을 빨려야만 하는 것이다. 영식은 엄마의 눈이랑 입을 닮았는가 하면 아빠의 코와 이마를 닮았다.

김 집사가 안고 예배당으로 가면 먼데서도 아이의 얼굴에서 서광이 비친다고들 떠들어 댄다.

아이가 자라나는 것과 함께 혜순의 마음속의 노여움도 자라간다. 도망 하듯 일본으로 가버린 남편의 소행은 자다가 생각해도 치가 떨리게 괘씸 하여 지는 것이다.

남편이 몹시 괘씸한 날은 아이들을 가르치는 일에도 흥이 나지 않고 집에 돌아오면 사소한 일에도 짜증을 내는 혜순이다.

혜순은 되도록 남편의 생각을 하지 않기로 노력을 한다. 종순이가 밖에서 들고 온 소문대로 한다면 강상준은 남숙자를 같이 데리고 갔다 하지 않는가.

혜순의 생각이 남숙자에게 미칠 때는 언제나 혜순의 송곳 이에서는 빠드득 하는 소리가 나는 것이다.

'돌이길 수 없는 과오.'

혜순은 요사이 비로소 미모의 청년 강상준의 정열에 쉽게 움직여 버린 자신의 망령된 행동을 골수에 사무치게 후회하는 것이다. 한 번 엎질러 놓은 물을 도로 담을 수는 없는 일이다.

혜순은 이렇게 괴로운 생각을 가슴에 안고 있으면서도 또 그날그날 자기 모자의 먹이를 위해 또 친정집 식구의 양식을 보태기 위해 하루 팔 시간의 노동을 하지 않으면 안 되는 것이다.

이러한 혜순을 뼛속 깊이 불쌍히 여기는 사람은 역시 어머니 김 집사뿐이다. 김 집사의 잃어버린 보퉁이는 영영 돌아오지 않았다.

그는 딸 혜순이가 직장으로 나간 뒤 혼자 있는 외손자를 돌보아야만 했다. 어머니를 따라 종순이도 오고 식구들을 따라 안 장로도 내려왔다.

안 장로는 식구들을 위해 요사이 어느 관청에 취직을 했다.

남편이 떠난 지 석 달이 지나고 넉 달째 접어드는 요즘 산과 들은 푸른 비로드를 깔아 놓는가 하면 산모퉁이에 진달래며 들길에 민들레며 세상은 온통 봄단장으로 환해졌다.

어느 날 학교서 돌아오는 혜순은 마루 끝에 나붓이 엎드려 있는 봉투 편지 한 장을 집어 들었다. 남편 상준에게서 온 것을 짐작하고 천천히 봉투를 열었다.

'혜순! 오래간만이요. 내가 편지를 자주 못했다는 구실이 인제야 참으로 생겨났나 봅니다. 피를…… 그렇습니다. 의학상 용어로는 분명 각혈이라는 명사가 붙어 있는 그러한 피를 한 대야 가량 쏟았다면 당신은 믿어 주시겠어요? 어쨌든 나는 이 추악한 해골은 이대로 여기 이역 한 귀퉁이에다 한 줌 재로서 뿌려 지기를 소원했지만 그 소원도 이룰 수 없어 월내로 고국을 향해 떠나갈 것입니다. 이곳 당국에서 내게다 추방 명령을 내린 겁니다. 물론 나는 당신을 만날 면목은 없습니다. 단지 내가 왜 편지를 못 냈다는 구실을 이렇게 적당히 일러 두는 것뿐입니다. 상준.'

혜순은 쓱 편지를 훑어보고 나서 불결한 물건이나 만진 듯 손가락으로 집어 아궁이에 넣어 버렸다.

아궁이 속 저녁밥을 짓는 장작 불더미 위에서 활활 타버리는 편지를 물끄러미 바라보는 혜순은 무엇을 생각했는지 으쓱 몸서리를 치고 방으로 들어가서 외출옷을 주섬주섬 주워 입는다.

왜 입는 건지 혜순은 자기의 하는 일이 얼마나 어리석다는 것을 인식하면서도 그는 기어이 옷을 털어 입었다.

핸드백을 들고 총총히 거리로 나온 혜순은 마침 떠나려는 전차에 몸을 실었다. 우편국까지 갈 동안 혜순의 입술은 까맣게 타들어 간다.

'남숙자가 같이 간 것이 사실이라면……'

혜순은 물끄러미 전차 전등을 쳐다보면서 두어 번 입술을 깨물었다.

'그 계집이 상준의 건강을 빼앗은 것일 거야? 그 간을 빼게시리 대담하던 남숙자 년이……'

혜순은 바르르 발끝으로 기어가는 전율을 느끼며 우편국 앞에서 전차를 내렸다.

'왜? 내가 무엇 때문에 이런 일을 해야 되나?'

혜순은 이런 말을 되풀이 하면서도 전보용지를 한 장 받아냈다. 경사진 테이블 위에 전보용지를 펼치고 혜순은 다음과 같이 썼다.

'다 잊어버리고 곧 귀국하시오. 혜순.'

알파벳 발음대로 기입해서 전보계에 들이밀었다.

"지급으로 해 주세요"

삼 배의 요금을 내고 혜순은 상준에게 지급 전보를 치고 돌아섰다. 마음속에서 몽둥이처럼 버티고 있던 불평을 기어이 참 되고 요조한 혜순의 본래의 마음이 이기고 말았다.

혜순은 흐뭇이 즐거워졌다.

상준이가 누워있는 사조반 방에는 봄빛은 찾아왔다.

누르스름하게 더러워진 다다미 위에 다정하도록 햇살이 비치는 오후였다.

아무도 찾아오는 사람이 없는 이 초라한 작은 방문 앞에 문득 사람의 소리가 들린다. 여자의 음성이다.

"헬로 미스터 강!"

하고 문을 빼꼼히 열어보는 얼굴이 있다. 상준은 무표정하게 눈을 들었다. 문에서 보고 섰는 얼굴이 배시시 웃는다. 짙게 화장한 남숙자다.

핏빛같이 루주를 칠한 입술이 어느 골짜기에서 송장의 피를 빨고 내려온

여우의 입과 방불하다 생각하는 상준의 귀에 또 다른 목소리가 들려온다.

　굵직한 사나이의 음성이다. 미군 하사 우드는

"헤이 강!"

하고 빙긋이 웃는다. 남숙자가 쇼─지를 환히 열었다. 항시 능금 빛으로 붉은 우드의 얼굴이 오늘 만은 햇쑥해서 핏기가 없다.

　상준은 신혼의 피로라는 것을 생각하고 멀뚱멀뚱 우드의 얼굴을 바라보고 누웠을 뿐 일언반사의 대꾸를 하지 않는다.

　우드는 머쓱해서 열적게 웃으며

"헤이 강! 우리는 내일 떠나네. 고향인 '알리바마'로…….."

　강상준은 벙어리처럼 여전히 한 마디의 대답도 없다. 움푹 팬 두 볼과 그 볼 위에 푹 꺼진 눈꺼풀 속에서 번들거리는 안공만이 처참한 광택을 뿜고 있다.

"굿바이 하러 왔어요. 미스터 강."

　남숙자는 해죽이 웃고 가지고 왔던 파인애플 통조림을 다다미 위에 내려놓고

"거기 가서 틈 있으면 편지 할께요."

하고 돌아서려던 남숙자는

"아 전보가 와 있군."

하고 좁다란 마루 위에 놓여 있는 전보를 집어 상준의 머리맡에 놓아 주고 뺑 돌아선다.

　오늘 달리 유난히 앞가슴이 부풀어 오른 숙자다. 뒤축이 사뭇 세치 닷 푼이나 되는 하이힐 위에서 함부로 흔들리는 숙자의 엉덩이는 '마릴린 먼로'를 짐짓 흉내 내는 것으로 보였다.

강상준은 메슥메슥 구역이 나올 것 같아서 스르르 눈을 감아 버렸다.

"강! 속히 낫게…… 또 만나세."

하고 우드가 마지막 인사를 했는데도 상준은 입을 다물고 눈을 감은 채 누워있다.

우드는 체념한 듯이 걸음을 빨리하여 숙자와 나란히 대문을 나섰다. 상준은 두 사람의 발소리가 멀어지자 눈을 뜨고 깊숙이 숨을 내쉬었다.

윙윙거리던 검은 쉬파리가 날아가 버린 듯 상준은 일말의 상쾌감을 느끼며 머리맡에 놓인 전보를 펼쳤다.

상준은 되도록 무관심하게 전문을 읽으려 했다. 그러나 전문의 글자들이 시야에 나타나는 순간 상준은 빙긋 웃었다.

'다 잊어버리고 곧 귀국 하세요.'

두 번 읽어볼 동안 상준은 자기 자신은 결단코 아무렇게도 생각지 않는데 두 눈에서 눈물이 주르르 쏟아져 나왔다.

마치 동공 자체가 펌프나 되는 것처럼 눈물을 뿜어내는 것이다. 상준은 전보를 볼에다 대고 엉엉 소리를 내어 울었다.

'다 잊어 버리자. 손톱만한 불순이라도 내 기억 속에 남아 있거든 말짱히 씻어 버리자.'

상준은 고국에서 자기를 기다리고 있는 아내의 얼굴을, 어깨를 그리고 가슴을 두 눈까풀 속에서 꼭 껴안았다.

지금쯤 얼마나 더 컸을 자기의 아들도 품속으로 들어와 담뿍 안긴다. 처갓댁 식구들의 얼굴도 하나씩 하나씩 머릿속을 스쳐간다. 그리고 사흘 후 박용구 집사가 찾아왔다. 그는 무슨 말인지 할 듯 할 듯 하다가 입을 다물고 한숨만 푹 하고 쉰다.

아버지의 채무자에게서 또 돈 얼마나 가지고 온 박 집사는

"이걸로 위선 의복이나 한 벌 사서 입고 귀환선을 타는 수밖에 다른 도리도 없을 것 같애."

"아버지는?"

하고 상준은 박 집사를 쳐다본다. 박 집사의 두 눈 사이에 몇 번이나 주름살이 졌다 폈다 하다가

"장로님은 억울하게도 육 개월 징역을 받았나 보오. 벌금 내면 집행유예도 될 수 있겠지만……."

"……."

상준은 벌금이 얼마냐고 물어도 소용없는 것을 안다. 법정에서 요구하는 금액이 단 돈 만 환이라 한대도 상준은 물론 박용구 집사도 마련할 능력은 없는 것이다.

'본국으로 돌아가서 집을 팔자. 집을 팔아서 얼마의 돈이라도 마련되는 대로 아버지께 보내 드리자.'

이미 고국으로 나가야 할 상준이지만 그는 아버지를 위해서 하루 바삐 돌아가고 싶었다.

법대로 한다면 상준은 억류민 수용소에 가서 있어야 할 것이다. 그러나 동경 시민증을 가진 박용구이며 그 밖에 강 장로와 친히 교제하고 있는 일본인 두 사람이 상준의 신원을 보증하여 주었기 때문에 상준은 배를 탈 때까지 사조반 자기 집에 머물러 있어도 좋게끔 되었다.

배는 떠나려면 아직도 닷새를 기다려야 한다. 상준은 지끈지끈 아파오는 머리를 이고 손수 풍로에다 불을 일군다. 죽을 끓여야 하기 때문이다.

물큰하고 스쳐가는 숯 냄새가 상준의 비위를 거스른다. 상준은 또 메슥

메슥 아니꼬움을 느끼고 풍로 앞에서 일어섰다.

비틀거리며 방으로 들어가는 상준의 머릿속에 문득 스스로 자기 목숨을 끊어 버리고 싶은 유혹이 지나갔다.

조금 전에 박용구 집사가 두고 간 돈을 헤어 보았다. 삼천 환이다. 허름한 넝마를 한 번 사 입을 수 있는 돈일는지도 모른다.

외투랑 양복이랑 모두 자기의 약값으로 전당포로 가버린 지금 상준은 전신을 가리어줄 의복도 없는 것이다. 입고 있는 파자마는 언제나 자신이 이곳을 떠날 때는 박용구 집사에게로 돌려주어야 하는 것이다.

상준은 또 빙긋 웃음이 흘러 나왔다. 상준은 손바닥에 돈을 꼭 쥐고 거리로 나왔다. 파자마를 입은 채 외출한다는 것이 부끄러운 사실이라는 것은 벌써 상준의 관심의 권내를 벗어난 일이다.

거리에는 어느덧 황금 같은 석조가 범람하고 있다. 상준이가 맨 먼저 들어간 상점에는 늙은 노파가 앉아있다.

"쥐 잡는 약?……"

노파는 아래위로 상준의 몰골을 훑어보고 나서

"없는 데요. 쥐 잡는 약이라곤 하나도 없어요."

하고 고개를 홱 돌려버린다. 그 집에서 나오는 상준은 좀 더 초조하여 졌다.

'죽음이라는 지극히 간단하게 평안해 질 수 있는 묘법을 왜 여태껏 몰랐던고.'

상준은 두 주먹을 쥐고 번들번들 눈을 부라리며 다음 가게로 들어갔다. 열다섯 살쯤 되어 보이는 소년은

"있습니다. 미국서 새로 나온 약인데요. 이것 한 통이면 온 동네 쥐가 다 몰살합니다."

하고 제법 사발만한 깡통 한 개를 내준다. 상준은 소년이 청구하는 액수를 지불하고 반달음질로 집으로 돌아왔다. 부들부들 떨리는 손으로 관을 떼자 까만 가루약이 깡통에 절반도 못 들어있다.

'다 잊어버리고 귀국하시오.'

혜순의 전보을 입속으로 뇌어보고 상준은 고개를 끄덕였다.

'이것 한 숟가락만 먹으면 되는 거야. 참따랗게 다 잊어버릴 수가 있어.'

상준은 주전자를 기울여 공기에 물을 따라놓고 차 숟가락으로 쥐약을 듬뿍 하나 떴다.

'유서 같은 것은 골동품이야.'

상준은 자신에게 이르듯 이런 말을 지껄이고 커다랗게 입을 벌렸다. 약을 뜬 숟가락이 입술까지 한 치쯤 왔을 때다.

상준은 문득 귀를 기울였다. 다급한 목소리로

"상준아!"

하는 아버지의 목소리가 들린 때문이다. 미쳐 대답을 하기 전에

"상준이 너 어디가 아프니?"

하고 쇼지를 왈칵 여는 이는 분명히 아버지 강 장로다.

"……."

상준은 한참을 잠자코 앉았다가 겨우 목구멍으로 한 마디 하는 말이

"어떻게?……"

한 마디였다.

"응 채권자가 벌금을 물어 주었다. 그래서 내가 놓여 나온 거다."

"아버지!"

상준은 비로소 두 손으로 아버지의 손목을 왈칵 잡았다.

귀환선 한 구석에 담요를 펴고 누은 상준은 뚜우하고 울리는 우렁찬 기적을 들었다. 사람들은 모두 내릴 차비를 하는지 갑판이 장히 분주스럽다.

상준은 담요를 꿍쳐서 한옆에 끼고 사람들의 맨 마지막에 대어섰다. 자교에까지 아직도 한 삼백 미터의 거리가 남았을까 부두에서 왔다갔다 하는 사람들이 참새 새끼처럼 작게 보인다.

그 참새 새끼 같이 작게 보이는 흰옷 입은 사람들이 이렇게도 상준의 눈시울에 반갑게 비칠 수가 있을까.

상준은 자꾸만 뺨 위로 굴러 떨어지는 눈물을 씻는 것은 그만 두었다. 부들부들 떨리는 다리에 힘을 주어 조심조심 잔교에 걸친 사닥다리를 밟고 내려왔다.

사람들의 물결을 헤치고 상준의 앞으로 가까이 다가서는 사람이 있다. 애기를 들쳐 업은 김 집사가 상준의 손을 덥석 잡는데 어머니의 등 뒤에서 혜순의 얼굴이 슬프디 슬픈 미소를 담고 상준을 바라보고 섰다.

상준은 성난 듯이 먼 산을 바라볼 뿐 적당한 인사가 생각나지 않는다. 혜순의 팔이 어느 사이 상준의 팔을 끼었다.

"조금만 더 걸으세요. 저기 택시가 기다리고 있어요."

상준은 그제야 함부로 자란 수염 속에서 파란 입술을 열었다.

"미안해요."

한 마디다.

"병이란 건 누가 앓고 싶어서 앓는 건가?"

김 집사는 나무람 같기도 하고 위로 같기도 한 이런 말을 하고 앞을 서서 택시로 들어간다. 혜순은 남편의 등을 밀어 택시로 밀어 올려 앉히고 자기도 그 옆에 올라탔다. 차는 속력을 놓아 큰 길로 달리는데 상준의 시야에는 모든 경치가 그저 반갑고 정답기만 하다.

외할머니 등어리에서 새근새근 잠이 들어있는 어린 아들의 고사리 같은 손가락하며 풍만하게 살이 찐 작은 턱과 두 볼─ 이것이야말로 생명의 심볼이 아닌가.

'나는 이것을 버리고 갔었는데…….'

예리한 뉘우침이 상준의 아픈 가슴에 새로운 고통을 어필하여 온다.

"아니 그러기로 병이 나면 곧 고국으로 나와야 할 일이지 왜 여태껏 있었을까?"

김 집사의 나무라는 듯한 한 마디는 오늘만은 친어머니의 음성처럼 반갑게만 들린다. 혜순은 상준을 위해 넓은 안방의 문을 모두 앞뒤로 열었다.

밤이고 낮이고 상준을 대기大氣 속에서 자고 눕게 하는 것이다. 혜순은 한 달 월급을 먼저 받아왔다. 남편이 병이 들어 돌아왔다는 것을 학교장도 동정해 준다.

혜순은 상준의 영양을 위해 계란이며 생우유며 그리고 버터, 치즈, 과일 같은 것을 자주 사들여 왔다.

쇠고기를 고아 국을 만들고 전복으로 회를 치고. 혜순의 아버지 안 장로는 보건부의 가장 적은 자리에서 일을 보지만 안면이 넓었다.

그는 사위의 병을 위해 동분서주로 돌아 당겼다. '스트렙토마이신'[24] 이며 '패스'며 '비타민' 같은 약들을 어떤 것은 그냥 얻어오고 또 어떤 것은 도매 값으로 받아왔다.

전지轉地[25]를 한다는 것은 오래 앓는 병자에게는 참으로 큰 도움이 되는

---

24 streptomycin. 항생 물질의 한 가지로 마이신이라고도 함.
25 어떤 일로 얼마 동안 다른 곳으로 옮겨 감.

것이다. 상준은 일본 보다 훨씬 좋은 한국의 공기를 마음껏 들여 마셨다. 습기에 젖어 텁텁한 일본 공기보다 쇄아 하고 폐부로 스며드는 맑고 가벼운 한국의 공기는 외국에 갔다 온 사람만이 똑똑히 알 수 있는 것이다.

상준은 부산 자기 집으로 온 지 일주일이 되었다. 오후마다 진달래처럼 타오르던 두 볼의 홍조가 훨씬 줄어들었다.

그렇게도 쑥처럼 쓰기만 하던 밥이 인제는 제법 구수하게 목구멍으로 술술 넘어 가지 않는가. 밥이 그렇다면 국도 그러하고 혜순이가 애써 만든 반찬도 또한 맛을 알고 먹을 수 있게끔 되었다.

부산 온 지 한 달이 되는 날이다. 상준의 오후 두시로 세시 사이에 체온은 삼십칠도 일부에서 더 오르지는 않았다.

기특하게도 이튿날은 삼십칠도에서 끝났다. 이튿날도 또 그 이튿날도 열이 삼십칠도였다. 이날 상준은 학교에서 돌아오는 혜순을 손을 꼭 잡았다.

"나 인제 확실히 살아났소. 혜순이 수고한 보람 헛되지 않게 되나 보오……. 오늘부터 아니 며칠 전부터 열은 삼십칠도야. 그 원수의 미열은 떨어져 나갔어."

"……."

혜순은 잠자코 남편의 손바닥에 볼을 댔다.

"혜순이!"

남편은 조용히 아내를 불렀다.

"……."

잠자코 대답이 없는 혜순은 그대로 상준의 얇은 손바닥에 얼굴을 파묻고 있다. 따뜻한 액체가 상준의 손가락 사이로 흘러내린다.

"혜순이!"

한 손으로 혜순의 등을 어루만지는 상준은 그 이상 무슨 말이고 간에 나오지가 않는다. 용서해 달라는 둥 고맙다는 둥 이런 평범한 말은 상준의 마음을 표현하기에는 너무도 모자라기 때문이다.

'천사의 방언이 있다면……'

상준은 가슴속에서 소용돌이처럼 돌아가는 감격을 혜순에게 표시할 수도 있을 상싶다. 눈물은 혜순이가 흘리는데 상준은 마음속에서 가만히 옥합을 열었다. 두 손으로 옥합을 받들어 혜순의 머리 위에 향유를 붓는 상준의 두 눈은 성스럽게 빛난다.

방그레 웃으며 얼굴을 치켜드는 혜순의 젖은 뺨을 상준의 손바닥이 말짱히 씻어 준다. 종순이가 무엇인지 채롱을 들고 들어오며 콧노래를 부르는데 뒤를 따라 김 집사가 외손자를 업고 뜰 앞으로 들어선다.

상준은 또 다시 마음속에서 옥합을 열었다. 김 집사의 무릎 위로 치마 위로 상준의 옥합에서 향유는 언제까지나 흘러나오고 있다.

—『새가정』, 1953.12~1955.3.

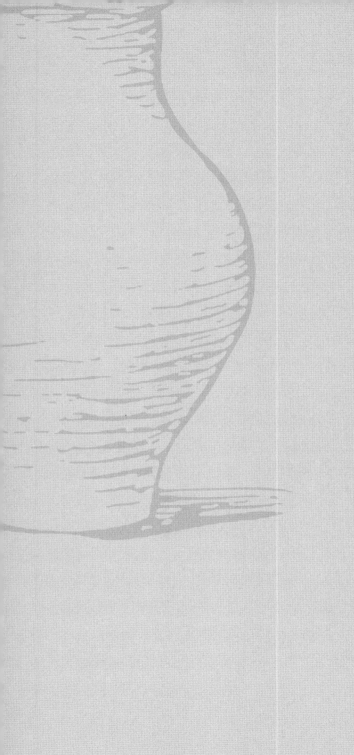

부록

작가 연보

1901.4.3 경남 밀양에서 부 김해 김씨 윤중(允仲)과 모 배복수(裵福守) 사이의 3자매 중
　　　　　막내로 출생, 함양군 안의면에서 성장.
　　　　　본적은 부산시 영주동 517번지.
　　　　　본명은 말봉(末峰), 필명은 보옥(步玉), 말봉(末鳳), 아호는 끝뫼, 노초(露草).
　　　　　미국인 어을빈의 부인이 경영하는 기독교계 소학교에서 초등학교를 마침.

1914　　　일신(日新)여학교(현 동래여고) 입학.

1917　　　일신여학교 3년 수료, 상경하여 정신여학교 4년 편입.

1919.3　　서울 정신여학교 4년 졸업.

1919　　　황해도 재령 명신여학교 교원.

1922.11　도쿄에 있는 송영고등여학교(松榮高等女學校) 4학년에 편입, 고근여숙에 기숙.

1923　　　송영고등여학교 5학년 졸업.

1924.4.11 교토 동지사 여자전문학부 영문과 입학.

1924　　　목포의 이의현 씨와 동거.

1927.3.21 교토 동지사 여자전문학부 영문과 졸업.

1928　　　첫 딸 재금(매매) 출생, 이 무렵 첫 결혼을 정리한 듯함.

1929　　　『중외일보』 기자.

1930.11.26 1930년까지 『중외일보』 기자로 있다가 미국 하와이로 유학을 간다고 부산으
　　　　　로 내려갔다고 함. 하지만 유학 소식은 들려오지 않고 결혼 소식이 최신식 청
　　　　　첩(1930.11.26, 상오 11시 부산 영주동 525번지 자택에서 전상범과 결혼식을 거행)으로
　　　　　친지들에게 발표되었다고 함. 전상범 씨와의 사이에서 영, 보옥 쌍둥이를 낳
　　　　　음(출생년도 명확치 않음)

1932　　　『중앙일보』 신춘문예에 단편 「망명녀」가 김보옥(金步玉)이라는 필명으로 당선
　　　　　되어 문단에 데뷔. 보옥이라는 필명은 쌍둥이 딸의 이름.

1933　　　부산 동구 좌천동 794번지에 거주. 딸 제옥을 낳음.

1935.9.26 『동아일보』에 『밀림』을 연재하기 시작.

1936.1.26 부군 전상범 씨 사망.

1936.8.29 『동아일보』강제 정간으로『밀림』연재 중단.

1937.3.31 『조선일보』에『찔레꽃』연재 시작.

1937 이종하(李鍾河) 씨와 세 번째 결혼, 본적 경남 밀양군 하남읍 수산리 445번지. 혼인 신고는 1943년 4월 29일에 함.

1937.6.10 딸 정옥(貞沃) 출생.

1937.10.3 『조선일보』의『찔레꽃』연재 완결.

1937.11.4 『동아일보』에『밀림』을 다시 연재하기 시작.

1938.12.25 『밀림』후편 연재 중단.

1941.4.4 아들 무(茂) 출생(김말봉 씨 소생의 자녀는 모두 6명).

1945 해방까지 일어로 글쓰기를 거부, 가난과 싸움. 서울 중구 동자동 18-20으로 이주.

1946.3.21 『동아일보』에 오랫동안의 침묵을 깨고 장편소설『밤과 낮』을 집필하기로 되 었다는 소식이 발표되지만 실제 연재되지 않음.

1946.8.10 조선부녀총동맹을 비롯한 14개 좌우익 여성단체가 '폐업공창구제연맹'을 결 성, 이 단체의 회장직을 수락하고 공창폐지운동의 전면에 나섬.

1947.7 신문사의 연재 예고나 문인 소식을 통해 볼 때 소설 쓰기를 재계하였으나 연재 지면을 얻지 못하는 듯하다가『부인신보』에「카인의 시장」을 연재하기 시작함. 이 소설은 후에『화려한 지옥』으로 제목이 바뀌어 문연사에서 단행본이 출간. 오랜 절필의 시간을 뒤로 하고 본격적인 소설 쓰기가 시작됨.

1947.10.28 김말봉을 중심으로 한 여러 여성단체의 노력으로 공창폐지령이 확정되고 11 월에 폐창연맹은 해소.

1949 하와이 시찰(보배 언니가 하와이에 거주).

1950 귀국, 부산으로 피난하여 수정동에 거주.

1952.9 베니스에서 열린 세계 예술가 대회에 한국대표로 참가.

1954 「새를 보라」, 「바람의 향연」, 「옥합을 열고」, 「푸른 날개」등 4편의 소설을 동 시에 연재. 부군 이종하 씨 사망.

1955 미 국무성 초청으로 도미 시찰, 펄벅 여사 만남.

1956 미국에서 귀국.

1957 「생명」, 「푸른 장미」, 「방초탑」등 3편의 소설을 동시에 연재.

1957.12.2	성남교회 창립일에 기독교 장로교회에서 여성 장로로 피선(최초의 여성 장로), 대한민국 예술원 회원에 당선.
1958	「화관의 계절」, 「행로난」, 「사슴」, 「아담의 후예」, 「광명한 아침」, 「장미의 고향」, 「제비야 오렴」, 「환희」, 「해바라기」 등의 작품을 1959년에 걸쳐 발표, 왕성한 작품 활동을 함.
1960.4	폐암으로 세브란스 병원에 입원.
1961.2.9	종로 오세헌 내과에 재입원하였으나 상오 6시 사망.
1962.2.9	1주기를 맞아 망우리 묘지에 묘비를 세움.

작품 연보

1. 단편소설

작품명	연재 정보
망명녀	『중앙일보』, 1932.1.1~10.(9회, 김보옥(金步玉)으로 신춘문예 당선)
고행	『신가정』, 1935.7.
요람	『신가정』, 1935.10~1936.2.(5회로 연재 중단)
편지	『현대조선여류문학선집』, 조선일보사, 1937.
성좌는 부른다	『연합신문』, 1949.1.23~29.(6회)
낙엽과 함께	『신여원』 1호, 1949.3.
이십 일간	『주간서울』 50~62호, 1949.8.29~11.21.
선물	『현대문학』, 1951.
합장	『신조』 1호, 1951.6.
망령	『문예』 13, 1952.1.
어머니	『신경향』 4권 1호(복간호), 1952.6.
사천이백원	『협동』 37, 1952.12.
바퀴소리	『문예』 15, 1953.1.
처녀애장	『전선문학』, 1953.2.
전락의 기록	『신천지』 54, 1953.7,8.
이슬에 젖어	『현대공론』 12, 1954.12.
여적	『한국일보』, 1954.12.5~1955.2.13.(10회)
식칼 한 자루	『신태양』 30, 1955.2.
여심	『현대문학』 2, 1955.2.
탕아기	『여성계』 4권 2호~6호, 1955.2~6.
여신상	『여성계』 5권 1호~9호, 1956.1~6,9,11.(6회)
사랑의 비중	『여원』 2권 4호, 1956.4.
고슴도치	『주부생활』 1권 5호, 1957.5.
남편의 유령	『아리랑』 3권 6호, 1957.6.
아내의 유서	『아리랑』 3권 7호, 1957.7.
이런 취직	『아리랑』 3권 12호, 1957.12.
그리운 눈동자	『아리랑』 4권 2호, 1958.2.
그믐 밤의 전설	『아리랑』 4권 3호, 1958.3.

작품명	연재 정보
돌아온 아내	『아리랑』 4권 4호, 1958.4.
부르는 소리	『아리랑』 4권 5호, 1958.5.
광명한 아침	『학원』 7권 2호~8권 2호, 1958.6~1959.1.(9회)
아담의 후예	『보건세계』 5권 3호~6권 2호, 1958.6~1959.2.(9회)
월야(月夜)의 비화(秘話)	『아리랑』 4권 7호, 1958.7.
어머니를 죽인 사나이	『아리랑』 4권 9호, 1958.9.
수의를 선물한 아들	『아리랑』 4권 10호, 1958.10.
장도(壯途)는 슬프다	『아리랑』 4권 11호, 1958.11.
악몽	『여원』 5권 4호, 1959.3.
부부이변 : 간통쌍벌죄	『소설계』 8호, 1959.4.
학사님 논으로 가다	『아리랑』 5권 5호, 1959.4.
참새 둥우리	『주부생활』 3권 12호, 1959.12.
이브의 후예	『현대문학』 64~65호, 1960.4~5.

2. 장편소설

작품명	연재 정보
밀림	『동아일보』, 1935.9.26~1936.8.27.(『동아일보』 4차 정간으로 233회로 연재 중단) 1937.11.4~1938.2.7.(총 293회로 전편 완재) 1938.7.1~12.25.(후편 96회 연재 후 중단, 미완)
찔레꽃	『조선일보』, 1937.3.31~10.3.
카인의 시장	『부인신보』, 1947.7.1~1948.5.8.(이후 『화려한 지옥』으로 문연사에서 1951년 8월 초판 발행)
꽃과 뱀	1949.(연재 여부 불확실)
별들의 고향	1950.(연재 여부 불확실)
설계도	『매일신문』, 1951.(연재 일자 불확실)
출발	『국제신문』, 1951.(연재 일자 불확실)
파도에 부치는 노래	『희망』, 1951.10~1952.10·1953.1~6.
태양의 권속	『서울신문』, 1952.2.1~7.9.(139회)
계승자	『사랑의 세계』, 1952.
바람의 향연	『여성계』 3권 1호~4권 1호, 1954.1~1955.1.(11회)

작품명	연재 정보
옥합을 열고	『새가정』 1권 1호~2권 3호, 1954.2~1955.3.(14회)
새를 보라	『대구매일신보』, 1954.2.1~6.17.(120회)
푸른 날개	『조선일보』, 1954.3.26~9.13.(161회)
찬란한 독배(毒盃)	『국제신문』, 1955.2.15~7.9.(138회)
생명	『조선일보』, 1956.11.28~1957.9.16.(265회)
방초탑	『여원』 3권 2호~4권 2호, 1957.2~1958.2.(13회)
푸른 장미	『국제신문』, 1957.6.15~12.25.(186회)
화관의 계절	『한국일보』, 1957.9.18~1958.5.6.(228회)
길	『회망』 8권 1호, 1957~1958.1.
행로난(行路難)	『주부생활』 2권 2호~3권 1호, 1958.2~1959.1.(12회)
사슴	『연합신문』, 1958.6.1~12.31.(212회)
장미의 고향	『대구매일신보』, 1958.11.20~1959.4.22.(142회)
제비야 오렴	『부산일보』, 1958.12.1~1959.7.19.(227회)
환희	『조선일보』, 1958.12.15~1959.7.21.(217회)
해바라기	『연합신문』, 1959.7.1~1960.2.28.(236회)

3. 시

작품명	연재 정보
오월의 노래	『신가정』, 1935.5.
해바라기	『신가정』, 1935.9.

4. 수필

작품명	연재 정보
매매가 아픈 밤	『중외일보』, 1930.3.29.(김노초(金露草))
맛뽀는 어디로	『신가정』, 1935.4.(김끝뫼)
만리장공에 달만 홀로 달려	『신가정』, 1935.8.
5월은 내 사랑의 상징	『조광』, 1936.5.
잠꼬대	『소년』, 1937.10.
미혼인 젊은 남녀들에게	『부인』 2권 6호, 1947.9.

작품명	연재 정보
(고(故) 라 취 군정장관 추억) 라 취 군 정장관을 추모하며	『새살림』, 1947.12.
새 시대의 남녀 정조관	『부인』 3권 5호, 1948.12.
가을의 추억 : 이역에서 만난 인도청년	『해방공론』, 1949.10.
낙엽과 주검	『연합신문』, 1949.11.9~11.
나의 여학생 시절	『여학생』 2권 1호, 1950.1.
새 술은 새 부대에	『부인경향』 1권 1호, 1950.1.
양여사와 나의 아라비안 인사	『부인』 5권 1호, 1950.2.
본대로 들은 대로	『경향신문』, 1951.8.26.
하와이의 야화	『신천지』 7권 2호, 1952.3.
멀리 떠나 있는 남편	『신천지』 7권 3호, 1952.5.
무슨 별 말 있으리 : 문인 대우나 받게 되었으면	『부산일보』, 1952.12.5.
자유예술인의 전결(傳結)	『신태양』 2권 6호, 1953.1.
베니스 기행	『신천지』 8권 1호, 1953.4.
딱한 문제	『신천지』 8권 2호, 1953.5.
내 아들 영이	『문예』 17, 1953.9.
나의 문필 생활과 유년기	『현대공론』 2권 1호, 1954.2.
농촌부녀에게 부치는 편지	『노향』, 1954.3.
나의 작가 생활	『국제보도』 34호, 1954.7.
나의 청춘기	『중앙일보』, 1954.8.1.
나는 어머니를 닮았다고	『새벽』 1권 2호, 1954.12.
육사(陸士)에 부침	『추성』 1호, 1954.12.
돌팔매	『조선일보』, 1955.1.22.
작가로 세상에 나오기까지 : 꿈꾸던 시절의 회상 : 처녀작은 딸의 이름으로	『신태양』 4권 1호, 1955.1.
대망의 노트	『사상계』 3권 3호, 1955.3.
아메리카 3개월 견문기	『한국일보』, 1955.12.8~13.
내가 와서 있는 학교	『여성계』 4권 12호, 1955.12.
미국에서 느낀 일들	『평화신문』, 1956.11.12~15.
미국에서 만난 사람들	『한국일보』, 1956.11.18~23.
미국기행	『연합신문』, 1956.11.26~12.5.
시장께 드리는 인사	『경향신문』, 1957.1.4.

작품명	연재 정보
화장과 독서와	『연합신문』, 1957.1.6.
인간・여인・전화	『경향신문』, 1957.3.10.
바느질 품에 늙고	『평화신문』, 1957.5.9.
'카나다' 선교회 한국지부에 부침 : 대등한 인격 교류	『동아일보』, 1957.5.23~25.
아내라는 이름의 가정부	『여성계』 6권 3호, 1957.5.
식전(式前)에서 초야(初夜)를 마칠 때까지	『여성계』 6권 4호, 1957.6.
딸에 대한 어머니의 권위와 한계	『여원』 3권 8호, 1957.8.
미국 사람들이 무서워하는 병	『보건세계』 4권, 1957.8.
옷치장과 모방	『평화신문』, 1957.11.27.
주부들에게 보내는 새해의 편지	『한국일보』, 1958.1.12.
십대의 성년 기록	『연합신문』, 1958.1.22~23.
등대수(燈臺手)가 본 한국여성의 고뇌상	『여성계』 7권 4호, 1958.4.
함께 하고 싶은 이야기	『한국일보』, 1958.5.6.
어머님 회상	『여원』 4권 5호, 1958.5.
너의 피가 헛되지 말아야하겠다	『동아일보』, 1958.6.26.
가을과 싱거운 병	『경향신문』, 1958.9.9.
한국남성은 정말 매력 없나	『자유공론』 2권 1호, 1958.12.
남의 나라에서 부러웠던 몇 가지 사실들	『예술원보』 2호, , 1958.12.
전화라는 것	『경향신문』, 1959.1.7.
매화	『서울신문』, 1959.2.6.
봄이라는 계절	『연합신문』, 1959.2.11.
가는 곳마다 꽃 속에 싸여	『세계일보』, 1959.2.28.
학생과 신문과 병과	『경향신문』, 1959.3.3.
내가 본 간호원 : 어머니, 누나인 동시에 때로는 애인	『보건세계』 6권 3호, 1959.3.
성장한 딸과 모친의 권위	『가정교육』 11호, 1959.5.
어머니는 늙으면 외로워지나? : 어머니를 맞으면서	『주부생활』 3권 5호, 1959.5.
크리스마스 이브	『서울신문』, 1959.12.24.
들은 대로 본 대로	『서울신문』, 1960.3.4
어머니	『주부생활』 4권 3호, 1960.3.

작품명	연재 정보
위인들의 첫사랑 교훈	『가정교육』28호, 1960.12.
남편의 정조와 아내	『가정교육』29호, 1961.1.

5. 칼럼 및 평론

작품명	연재 정보
여기자 생활의 감상	『조선지광』, 1930.1.(끝뫼)
(명사 부인기자 상호 인상) 비치는 대로의 최의순 씨	『철필』, 1930.8.
남자는 약하다	『별건곤』, 1930.8.
나의 분격	『삼천리』, 1936.12.
여행을 하고 싶다	『동아일보』, 1938.1.8.
내가 하고 있는 일	『경향신문』, 1946.10.24.
희망원의 사명	『부인』1권 3호, 1946.10.
(본보에 보내는 각계의 축사) 진정한 대변자 되라	『여성신문』, 1947.5.13.
유곽의 존재는 과연 사회적 죄악이냐	『가정신문』, 1947.6.7.
(공창폐지 각계어론) 시기 늦었으나 실천화에 목적	『부인신보』, 1947.11.1.
희망원 준비의 사회가 냉정	『중앙신문』, 1948.1.21.
공창폐지 그 후 일개년	『연합신문』, 1949.2.22~24.(3회)
공창폐지와 그 후의 대책	『민성』5권 10호, 1949.10.
여성과 문예	『서울신문』, 1949.8.6~9.
신남녀동등론	『부인경향』1권 4호, 1950.4.
오늘의 정조관─여성의 순결은 신화시대부터	『서울신문』, 1953.3.22.
(논단) 간통죄와 쌍벌주의	『서울신문』, 1953.7.12.
나의 소설의 모델이 된 사나이	『신태양』2권 10호, 1953.6.
(영화평) 미녀엠마	『조선일보』, 1954.1.9.
문화인을 대우하라	『여성계』3권 1호, 1954.1.
판도라	『조선일보』, 1954.3.1

작품명	연재 정보
작가의 말	『조선일보』, 1954. 3. 25.
결혼이상론	『현대여성』 2권 9호, 1954. 11.
학 같이 늙어가는 김팔봉 씨 : 젊은 시절에는 의젓한 청년	『서울신문』, 1955. 3. 18.
작자의 말	『한국일보』, 1957. 9. 13.
육당 선생님과 나 : 30년 전 부인기자로 인터뷰	『평화신문』, 1957. 10. 14.
〈행로난〉을 연재하며	『주부생활』 2권 2호, 1958. 2.
제1회 내성상 심사 소감	『경향신문』, 1958. 2. 22.
여류작가와 여인	『동아일보』, 1958. 4. 24.
「화관의 계절」을 끝내며	『한국일보』, 1958. 5. 6.
「춘근집(春芹集)」	『서울신문』, 1959. 2. 12.
대중문학	『경향신문』, 1959. 3. 5.
독단은 곤란하다	『조선일보』, 1959. 5. 9~10.
육체파 소설의 시비(是非) : 소설 비평에 대한 몇 가지 견해	『서울신문』, 1959. 6. 12.
나의 애송시 : 박두진의 〈해〉	『보건세계』 6권 11호, 1959. 11.

6. 동화

작품명	연재 정보
어머니의 책	『새벗』, 1952. 1.
호배추와 달걀	『대벗』, 1952.
씨름	『소년세계』 5호, 1952. 11.
신랑과 신부와 화살과	『학원』 2권 2호, 1953. 2.
은순이와 메리	『새벗』 22, 1953. 10.
인순이의 일요일	『학원』 2권 12호, 1953. 12.
파초의 꿈	『학원』 3권 1호~9호, 1954. 1~9.
파랑지갑	『학생계』 1권 1호, 1954. 4.

7. 설문

작품명	연재 정보
여자가 본 남자 개조점	『별건곤』, 1930.1.
내가 본 나, 명사의 자아관	『별건곤』, 1930.6.
명류부인의 산아제한	『삼천리』, 1930.9.
십만 애독자에게 보내는 작가의 편지	『삼천리』, 1935.11.

8. 콩트

작품명	연재 정보
산타클로스	『조광』, 1935.12.
S와 주기도문	발표연대 미상
손수건	『민주여론』, 1954.1.25.
돌아온 아들	『추성』 4호, 1957.6.
꿈	『코메트』 39호, 1959.8.

9. 기사 및 좌담회

작품명	연재 정보
여학교를 찾아 – 정동 이화여학교	『중외일보』, 1929.9.11. (김말봉)
여학교를 찾아 – 관훈동 동덕여교	『중외일보』, 1929.9.13. (김노초, 金露草)
여학교를 찾아 – 연지동 정신여교	『중외일보』, 1929.9.14. (노초, 露草)
여학교를 찾아 – 견지동 여자상업	『중외일보』, 1929.9.15. (노초, 露草)
여학교를 찾아 – 제동 여자고보교	『중외일보』, 1929.9.18.
여학교를 찾아 – 필운동 배화여교	『중외일보』, 1929.9.19.
여학교를 찾아 – 수송동 숙명여교	『중외일보』, 1929.9.20.
여학교를 찾아 – 안국동 근화여교	『중외일보』, 1929.9.21. (노초, 露草)
여학교를 찾아 – 내자동 여자미술	『중외일보』, 1929.9.22. (노초, 露草)
본사주최, 가정부인 문제 좌담회	『중외일보』, 1930.1.1~2.

10. 단행본

책명	발행 정보
찔레꽃	인문사, 1939, 장편.
밀림	영창서관, 1942, 장편.
찔레꽃	합동사서점, 1948, 장편.
꽃과 뱀	문연사, 1949.
화려한 지옥	문연사, 1951, 소설집.
태양의 권속	삼신출판사, 1953, 장편.
별들의 고향	정음사, 1953, 장편.
푸른 날개	형설출판사, 1954, 소설집.
밀림	영창서관, 1955, 장편.
생명	동인문화사, 1957, 장편.
푸른 날개	남향문화사, 1957, 장편.
생명, 푸른 날개	민중서관, 1960, 장편.
바람의 향연	신화출판사, 1962, 장편.
찔레꽃	진문출판사, 1972, 장편.
벌레 많은 꽃	대일출판사, 1977, 소설집.

참고 문헌

강옥희, 「1930년대 후반 대중소설 연구」, 상명대 박사논문, 1999.

고인덕, 「신문소설에 나타난 가치연구」, 서강대 석사논문, 1980.

고준영, 「1930년대 신문장편소설에 나타난 민족관」, 고려대 석사논문, 1980.

구명숙·이병순·김진희·엄미옥 편, 『(해방기) 여성 단편소설』(1~2), 역락, 2011.

권미라, 「김말봉 통속소설 연구-『밀림』, 『찔레꽃』을 중심으로」, 영남대 석사논문, 2006.

권선아, 「1930년대 대중소설의 양상 연구-『찔레꽃』의 구조와 의미를 중심으로」, 고려
    대 석사논문, 1994.

김강호, 「1930년대 한국 통속소설 연구」, 부산대 박사논문, 1994.

김동윤, 「1950년대 신문소설 연구」, 제주대 박사논문, 1999.

김미영, 「김말봉의 『밀림』과 『찔레꽃』의 독자수용과정에 대한 인지심리학적 고찰」, 『어
    문학』 107, 한국어문학회, 2010.

김영식, 『그와 나 사이를 걷다-망우리 사잇길에서 읽는 인문학』, 호메로스, 2015.

김영애, 「『꽃과 뱀』의 대중소설적 위상」, 『한국어문교육』 19, 고려대 한국어문교육연구
    소, 2016.

김영찬, 「1930년대 후반 통속소설 연구-『찔레꽃』과 『순애보』를 중심으로」, 성균관대
    석사논문, 1995.

김영택, 「친일세력 미 청산의 배경과 원인」, 『한국학논총』 31, 국민대 한국학연구소, 2009.

김자성, 「독일문학작품에 구현된 카인 아벨의 소재 변용(I)」, 『헤세연구』 23, 한국헤세학
    회, 2010.6.

김정준, 『마태 김의 메모아-내가 사랑한 한국의 근현대 예술가들』, 지와사랑, 2012.

김한식, 「김말봉의 『찔레꽃』과 '본격통속'의 구조」, 『한국학연구』 12, 고려대 한국학연
    구소, 2000.

김항명, 『이별속의 만남-김말봉론』, 명서원, 1983.

대중서사학회, 『연애소설이란 무엇인가』, 국학자료원, 1998.

민병덕, 「한국 근대 신문연재소설 연구-작품의 공감구조와 출판의 기능을 중심으로」,
    성균관대 박사논문, 1988.

박산향, 「김말봉 소설『꽃과 뱀』에 나타난 양면성 고찰」, 『인문사회과학연구』 14, 부경대
　　　　인문사회과학연구소, 2013.

＿＿＿, 「김말봉 장편소설의 남녀 이미지 연구」, 부경대 박사논문, 2014.

＿＿＿, 「김말봉 단편소설의 서사적 특징 연구」, 『인문사회과학연구』 16, 부경대 인문사
　　　　회과학연구소, 2015.

박선희, 「『찔레꽃』에 나타난 스포츠와 연애」, 『우리말 글』 59, 우리말글학회, 2013.

＿＿＿, 「김말봉의 『佳人의 市場』 개작과 여성운동」, 『우리말 글』 54, 우리말글학회,
　　　　2012.

박종홍, 「『밀림』의 담론 고찰」, 『현대소설연구』 16, 한국현대소설학회, 2002.

박유미, 「해방 후 공창제 폐지와 그 영향에 관한 연구」, 『역사와 실학』 41, 역사실학회,
　　　　2010.

박철우, 「1970년대 신문 연재소설 연구」, 중앙대 석사논문, 1996.

반건우, 「1930년대 대중 연애소설의 서사구조 연구-김말봉의 『찔레꽃』과 박계주의 『순
　　　　애보』를 중심으로」, 한양대 석사논문, 2009.

배기정, 「『찔레꽃』의 전개양상과 그 의미」, 『국어교육학연구』 28, 국어교육학회, 1990.

배상미, 「성노동자에 대한 낙인을 통해 본 해방기 성노동자 재교육운동의 한계-김말봉
　　　　의 『화려한 지옥』과 박계주의 『진리의 밤』을 중심으로」, 『현대소설연구』 55,
　　　　한국현대소설학회, 2014.

＿＿＿, 「1930년대 여성 노동자의 노동, 그리고 계급투쟁」, 『민족문학사연구』 58, 민족
　　　　문학사학회, 2015.

백운주, 「1930년대 대중소설의 독자 공감요소에 관한 연구-『흙』 『상록수』 『찔레꽃』
　　　　『순애보』를 중심으로」, 제주대 석사논문, 1996.

백　철, 「김말봉씨 저『찔레꽃』」, 『동아일보』, 1938.

부산여성가족개발원, 『부산 여성사 I-근현대 속의 부산여성과 여성상』, 부산여성가족개
　　　　발원, 2009.

서동훈, 「한국 대중소설 연구-연애소설을 중심으로」, 계명대 박사논문, 2003.

서영채, 「1930년대 통속성의 존재방식과 그 의미」, 『민족문학사연구』 4, 민족문학사학
　　　　회, 1993.

서정자, 「삶의 비극적 인식과 행동형 인물의 창조-김말봉의 『밀림』과 『찔레꽃』 연구」,

『여성문학연구』8, 한국여성문학학회, 2002.

_____, 「아나키즘과 페미니즘-김말봉의 경우」, 『한국문학평론』19·20, 범우사, 2002.

_____, 「김말봉의 현실인식과 그 소설화」, 『문학예술』, 한국현대문화연구소, 2004 봄.

손종업, 「『찔레꽃』에 나타난 식민도시 경성의 공간 표상체」, 『한국근대문학연구』16, 한국근대문학회, 2007.

송경섭, 「일제하 한국 신문연재소설의 특성에 관한 연구」, 서울대 석사논문, 1974.

안미영, 「김말봉의 전후 소설에서 선·악의 구현 양상과 구원 모티프-『새를 보라』·『푸른 날개』·『생명』·『장미의 고향』에 등장하는 '고학생'을 중심으로」, 『현대소설연구』23, 한국현대소설학회, 2004.

안창수, 「『찔레꽃』에 나타난 삶의 양상과 그 한계」, 『영남어문학』12, 영남대 영남어문학회, 1985.

양동숙, 「해방 후 공창제 폐지과정 연구」, 『역사연구』9, 역사학연구소, 2001.

양왕용, 「정지용 시인과 동지사 대학 출신 문인들」, 『해동문학』97, 해동문학사, 2017.

양찬수, 「1930년대 한국 신문연재소설의 성격에 관한 연구」, 동아대 석사논문, 1977.

오미남, 「1930년대 후반기 통속소설 연구」, 중앙대 석사논문, 1995.

오인문, 「한국신문연재소설의 사회적 기능에 대한 고찰」, 중앙대 석사논문, 1977.

오태영, 「가정소설의 정치학」, 『나혜석연구』2, 나혜석학회, 2013.

유문선, 「애정갈등과 통속소설의 창작방법-김말봉의 『찔레꽃』에 관하여」, 『문학정신』45, 열음사, 1990.

유진아, 「1930년대 후기 장편소설에 나타난 통속성의 양상-『찔레꽃』과 『탁류』를 중심으로」, 한국외대 석사논문, 2004.

이경춘, 「1930년대 대중소설 연구-김말봉의 『찔레꽃』을 중심으로」, 경성대 석사논문, 1997.

이미향, 「일제 강점기 애정갈등형 대중소설 연구」, 숙명여대 박사논문, 1999.

이병순, 「김말봉의 장편소설 연구-1945~1953년까지 발표된 소설을 중심으로」, 『한국사상과 문화』61, 한국사상문화연구소, 2012.

이상규, 「부산 초량교회 출신의 여류 작가 김말봉」, 『생명나무』385, 고신언론사, 2013.

이상진, 「대중소설의 반페미니즘적 경향-김말봉론」, 『문학과의식』29, 문학과의식사, 1995.

이선희, 「김말봉씨 대저『찔레꽃』평」, 『조선일보』, 1938.

이원조, 「김말봉론」, 『여성』, 여성사, 1937.

이정숙, 「김말봉의 통속소설과 휴머니즘」, 『한양어문연구』 13, 한양대 한양어문연구회, 1995.

이정옥, 「대중소설의 시학적 연구-1930년대를 중심으로」, 서강대 박사논문, 1999.

이종호, 「1930년대 통속소설 연구」, 경북대 석사논문, 1996.

임미진, 「해방기 아메리카니즘의 전면화와 여성의 주체화 방식-김말봉의『화려한 지옥』과 박계주의『진리의 밤』을 중심으로」, 『한국근대문학연구』 29, 한국근대문학연구회, 2014.

임영천, 『한국 현대소설과 기독교 정신-다성성의 시학을 바탕으로』, 국학자료원, 1998.

임정연, 「1950년대 새로운 '통속'으로서의 아메리카니즘과 '교양' 메커니즘-김말봉의 『방초탑』을 중심으로」, 『현대문학이론연구』 63, 현대문학이론학회, 2015.

장두식, 「근대 대중소설 연구-1930년대 후반기 '연애소설'을 중심으로」, 단국대 박사논문, 2002.

_____, 「김말봉의『찔레꽃』연구」, 『국문학논집』 18, 단국대 국어국문학과, 2002.

장두영, 「김말봉『밀림』의 통속성」, 『한국현대문학연구』 39, 한국현대문학회, 2013.

장서연, 「1970년대 대중소설 연구」, 동덕여대 석사논문, 1999.

전영태, 「대중문학논고」, 서울대 석사논문, 1980.

정비아, 「세태소설의 세계관 연구」, 숙명여대 석사논문, 2002.

정재욱, 『뉴욕의 황진이』, 시문학사, 2004.

정하은, 『김말봉의 문학과 사회』, 종로서적, 1986.

정한숙, 『현대한국소설론』, 고려대 출판부, 1977.

정희진, 「김말봉의『찔레꽃』연구」, 공주대 석사논문, 2000.

조동일, 『한국문학통사』 제5권, 지식산업사, 1988.

조신권, 「시대의 아침을 밝힌 기독문인들 2-소설로서 나라를 빛낸 전영택, 심훈, 김말봉, 박화성」, 『신앙세계』 566, 신앙세계사, 2015.

_____, 「끝뫼 김말봉의 소설-지고지순한 사랑을 높은 가치로 그려낸 작가」, 『신앙세계』 587, 신앙세계사, 2017.

진선영, 『한국 대중연애서사의 이데올로기와 미학』, 소명출판, 2013.

_____, 「한국전쟁기 김말봉 소설의 이데올로기 연구-『별들의 고향』을 중심으로」, 『겨레어문학』 55, 겨레어문학회, 2015.

_____, 「해방기 세태소설의 한 양상-김말봉의 『가인의 시장』을 중심으로」, 『한국문화연구』 29, 이화여대 한국문화연구원, 2015.

_____, 「형식적 미학과 운명애의 향연-김말봉의 『꽃과 뱀』을 중심으로」, 『여성문학연구』 36, 한국여성문학학회, 2015.

_____, 「인조견을 두른 모럴리스트-김말봉 대중소설 창작방법론 연구」, 『현대소설연구』 68, 한국현대소설학회, 2017.

_____, 「김말봉 『밀림』의 역설 연구」, 『이화어문연구』 44, 이화어문학회, 2018.

_____, 「김말봉 이명(異名) 연구」, 『한국어문교육연구회 제216회 전국학술대회 자료집』, 한국어문교육연구회, 2018.

최미진, 「광복 후 공창폐지운동과 김말봉 소설의 대중성」, 『현대소설연구』 33, 한국현대소설학회, 2006.

최미진·김정자, 「한국전쟁기 김말봉의 『별들의 고향』 연구」, 『한국문학논총』 39, 한국문학회, 2005.

_____, 「한국 대중소설의 상호텍스트성 연구-김말봉과 최인호의 『별들의 고향』을 중심으로」, 『어문학』 89, 한국어문학회, 2005.

최지현, 「해방기 공창폐지운동과 여성 연대(solidarity) 연구-김말봉의 『화려한 지옥』을 중심으로」, 『여성문학연구』 19, 한국여성문학학회, 2008.

최해군, 「소설가 김말봉과 그 곁사람들」, 『부산일보』, 2003.

추은주, 「1970년대 대중소설 연구」, 부산대 석사논문, 1997.

한림대학교 아시아문화연구소, 『미군정기 한국의 사회변동과 사회사』 1, 한림대 출판부, 1999.

한명환, 『한국현대소설의 대중미학 연구』, 국학자료원, 1997.

홍은희, 「김말봉 소설 연구」, 대구가톨릭대 석사논문, 2002.

황영숙, 「김말봉 장편소설 연구-『푸른 날개』와 『생명』을 중심으로」, 『한국문예비평연구』 15, 창조문학사, 2004.

연재 정보

차례	권호	발표일자	면수
제1회	1권 1호	1953.12	57~66
제2회	1권 2호	1954.1	81~88
제3회	1권 3호	1954.3	80~87
제4회	1권 4호	1954.4	82~89
제5회	1권 5호	1954.5	83~90
제6회	1권 6호	1954.6	82~89
제7회	1권 7·8호	1954.7	80~89
제8회	1권 9호	1954.9	80~88
제9회	1권 10호	1954.10	75~82
제10회	1권 11호	1954.11	74~81
제11회	1권 12호	1954.12	81~88
제12회	2권 1호	1955.1	75~83
제13회	2권 2호	1955.2	62~68
제14회	2권 3호	1955.3	60~66